神川環季
斎藤郁馬
マティアス・フォン・ラインニガー

contents

ブラック上司から「転生した」と告げられました

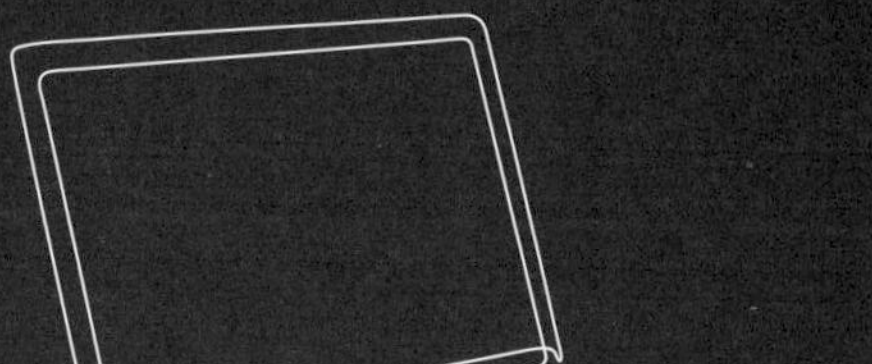

プロローグ

やってしまった。
正直、もうこのままどこかに逃げてしまいたい。

ガタンゴトンと重たい金属音を響かせて、目の前を電車が通り過ぎていく。
ゆっくりと回転を速める車輪が、線路の上を滑るように動くのを見つめながら、俺はぼんやりとそんなことを考えていた。

入社五年目。うだつが上がらない平凡サラリーマン。
それが俺、斎藤郁馬《さいとういくま》という男だ。
どこにでもいる平凡な顔立ち、平均身長、平均学力。
平均・平凡の見本市みたいな俺の人生に、特に不満なんてなかった。
世の中には、それこそスーパーヒーローみたいな人生を歩く奴《やつ》もいる。
けど、俺はモブだ。その他大勢。モブ・オブ・ザ・モブ。
二十六年も生きてきて、そんな自分のことはよくわかっているし、不満もない。
そもそも出世欲だって別にない。
普通の大学を出て、普通に就職して、十把一絡《じっぱひとから》げの社会人生活。

（事件や事故に遭遇する人生のが大変じゃん）

本当にそう思っている。

ないない尽くしの平凡リーマン。はい、最高。

定年間際は窓際族っていい響きだよな。定時退社、最高じゃんか。

それを目指して平々凡々に日々を過ごしていたはずの俺は——

「窓際どころか、公園族が見えてきたっていうなー……あぁぁ……」

ホームのベンチに座って、今、盛大に頭を抱え込んでいた。


それはつい先週のこと。

大口顧客の引き継ぎを受けた俺は、いわゆるミスをやらかした。

いや、やらかした、なんて可愛《かわい》らしいものじゃない。

『弊社始まって以来の大損失』という、輝かしい栄光を手にしてしまったのだ。

業務部から営業部に配属されて早三年。

後輩もできて、ルーティンはわかっているはずだった。

ホウ・レン・ソウの重要性もわかっているはずだった。

だけど、うっかり。たまたま。偶然。

そんな諸々《もろもろ》が重なり、俺は後輩の不調に気づけずに、ミスをカバーしきれなかった。結果、顧客の信頼を失い、会社に多大なる損失を被らせ、当の部下は精神を患い失踪したと噂《うわさ》に聞いて、俺は人生初の始末書を書く羽目になり――

「神川《かみかわ》部長にも最悪な印象だよな絶対……」

いつも凛《りん》として涼やかな印象が強い、我らが営業部の女神。神川環季《たまき》。

最年少部長、スピード出世は枕か？　なんて下卑《げび》た嫌味《いやみ》を半日足らずで収束させたという噂がある憧れの上司の顔を思い浮かべる。

(あの人が枕すんなら、どっかの国の王妃にもなれるわ。ていうか、実力だろ)

笑顔は都市伝説とすらいわれる彼女の人気は、すこぶる高い。

社内外、男女問わず、だ。

それも全て、環季女史が完全無欠のパーフェクト上司様であるからに他ならない。

頭も外見も何もかも良くて、だけどそれを鼻に掛けたりは決してせず、いっそ不愛想にさえ思える言動をしていても、部下へのねぎらいは忘れない。

入社以来、こんな下っ端の俺の名前ですら、一度も間違わず呼んでくれる。

好きにならない奴がいたら、そいつはよっぽど捻《ひね》くれている。

『斎藤君』

彼女にそう呼ばれれば、どこにでもある平凡な俺の名前も、何だか一端《いっぱし》の社会人だと認められているような気がして、身が引き締まったものだった。

「それなのに、……ああぁ〜……！」

俺のやらかしたミスのカバー、損失の補填《ほてん》、代替案発案から実行までを迅速にこなしてくれた環季女史の姿が浮かんで、俺はガクリと項垂《うなだ》れた。

真っ赤な唇が嫌味にならないクールな表情が、ここ数日は眉間に寄せる皺《しわ》も深く、さすがにだいぶやつれて見えていた。

間違いなく、俺のせいだ。


『も、申し訳ありません！　俺の確認が甘かったせいで――』

『謝罪はもういいわ。そんな暇はないの。あなたにはこの案件から一旦外れてもらうわね』

『し、しかし』

『二度言わせないで。すぐにリカバーに入るの、わかるでしょ？』


問題発覚当日。

彼女の口からピシャリと放たれた言葉で、室内が一気に凍りついたのを覚えている。

けれどそれからの手腕は、本当に鮮やかという他なく。

最大の損失がそれでも最小の被害に抑えられたのは、全て彼女の功績だ。

俺とは比べるべくもない優秀なエリート女史。我が社きっての出世頭。

アラフォーだという人もいれば、アラサーだという人もいる。

かくいう俺も、入社面接で初めて彼女を見た時は、秘書課のお姉さんかと思っていたくらいだ。

そんなに歳《とし》が違うようにも思えない。

しかしその実態は、誰も知らない謎の美女。

知能・外見ともに優れたそのパーフェクトウーマン様に、憧れない人間はいないだろう。例に漏れず、俺もその有象無象の一人だった——けど。

「百パー、唯一無二のクソ部下になった……」

帰りがけ、チームの誰よりも遅くまで処理にかかりきりになってくれた神川部長に、俺はもう一度謝罪した。謝って済むことではないけれど、そうでもしないと心も体も落ち着かなくてどうしようもなかった。

それをわかっているだろう神川部長は、もういいから、と冷淡な声ながらそう言ってくれて、お疲れ様と踵《きびす》を返した。

その直後。

「……絶対、ため息吐《つ》いてた、呆《あき》れられた、嫌われた、俺はクズ部下認定だ……」

いや、そりゃあんなことをやらかした部下だ。

そうなるのはわかっていたけど。

「あああ！　もういやだ！　何もかも全部放り投げて、今すぐ記憶喪失にでもなってしまいたい！」

そもそも俺に営業なんて向いてなかったんだ。

一生コピーを取るくらいに地味で単調な作業が俺には合っている。

俺みたいな平凡人間には、華やかさなんて欠片《かけら》もない。輝けないいんだ。知ってたさ！

(営業ってさあ、人生驀進《ばくしん》できそうな奴と、そうでない奴の明暗が、はっきりわかれる無情な業種じゃん……)

俺は業務部の方が合ってたと思う。

なんで営業部になんて回されたんだ。

もしかして、これって遠回しな肩叩《かたたた》き的な……⁉

「いっそ、本当に辞めた方が楽、だよな……」

会社での雰囲気もいたたまれなくて仕方ないし。

ミス以来、神川部長が通達でもしてくれたのか、部署のみんなからこれみよがしな嫌がらせをされることはなかったけれど、それでも、些細《ささい》な憐《あわ》れみと不平不満はひっきりなしに感じている。


カンカンカン、と少し先の踏切から警報音が聞こえてきた。

その音に導かれるように、俺はゆっくりと顔を上げる。

随分長い時間、駅構内に留《とど》まっていたようだ。

古びた電光掲示板には、急行、という赤い文字が流れていた。

これに乗っても俺の最寄り駅には停《と》まらない電車だ。

でもいっそ飛び乗ってしまおうか。

それで終点まで行って、乗り継げるものに乗って、また終点へ。

(いいな。放浪のスナフキン。かっこいいじゃん。会社に損失与えて放浪の旅。平凡人生から大逆転。……ん？　スナフキンってミスして旅人になったんだっけ？）

くだらないことを考えていると、カツカツというヒールの足音が聞こえてきた。

俺は視線をそちらに向ける。

見覚えのある人物が、ホームへ続く階段を降りてきた。

（――か、神川部長！）

間違いない。数十分前に会社で別れたはずの、神川環季その人だ。

俺の心臓がバクンと跳ねる。

会社ではきっちり一つにまとめ上げている艶やかな黒髪は下ろされて、風になびくままに片手でそっと押さえる部長は、月明かりに照らされて、まるでどこかの女優かモデルみたいだった。

黒いタイトスカートに、黒のフロントオープンシャツ。

胸元が開いているのに、いやらしさよりも高貴さがある。

黒ずくめが逆に肌の白さを際立たせて見えた。

かっちりしすぎになりがちな印象のそのファッションを、嫌味なく着崩している神川部長は、女性誌の特集記事にでも出てきそうなほどキマッている。

いつも黒を基調にしたフォーマルな格好だが、シャープな印象を残す瞳は、見る者を釘付《くぎづ》けにする妖艶さがある。

そんな彼女に、入社したてでまだ僅かにイキっていた当時の俺がひそかにつけたあだ名は『ブラック上司』。ちょっと誤解を生みそうなあだ名は、今思えば、小学生の男子が好きな女の子にやりそうな、程度の低い遊びのようなものだ。

（――って、いやいやいや！　別に本気で好きなわけじゃないけど――……って、そうじゃなくて！　見惚《みと》れてる場合か！）

思わず惚《ほう》けてしまった自分を内心で叱咤《しった》して、俺はベンチから立ち上がった。

ほとんど同時に、神川部長が俺に気づいて視線を向ける。

さすが。反応も早い。

「あっ、あの、――こ、こんばんはっ」

咄嗟《とっさ》にそんな言葉が口をついて出てしまった。

お疲れ様です、だろ。社会人だろ。バカか、俺は。

子供のような挨拶に、神川部長は一瞬きょとんとしたように目を瞬いて。

「…………」

「あ、あの、神川部長……？」

その表情が会社では見たこともないくらいあどけなく、不安になるくらいか細く見えて、俺は思わず名前を呼んだ。

遠くの空気に乗って聞こえる遮断機の警報音に混じって、タタン、タタン、という線路を走る車輪の音が聞こえてくる。

「……斎藤君？　こんばんは」

音に混じってそう言った神川部長の声が柔らかい。

（あれ？　もしかして俺、まだ嫌われてない、か……？）

それとも俺の希望が聞かせた幻聴か、大人としての社交辞令だろうか。

そんなことを思った時だった。

彼女の体が、急に力を失ったようにぐらりと揺れた。

まるでスローモーションのように、そのまま線路へと吸い込まれていく。

「え？」

人間、本当に驚くと、動けなくなると何かの本で読んだことがある。

今の俺はまさしくそれだった。

「――え？」

呆《ほう》けたような声を出して、線路へと落ちていく神川部長をただ見つめていた。

カンカンカン、という警報音が、空中から伝染したように俺の頭にこだまする。

人気《ひとけ》のないホームには、俺と、線路に落ちた神川部長のふたりだけ。

夜の黒を引き裂いて近づく電車の眩《まばゆ》いライトが、チカチカと目に眩《まぶ》しさを与える。

その刺激で、俺はハッと我に返った。

「か――神川部長！」

慌ててホームの端へと駆け寄る。

貧血でも起こしたのか、部長はぐったりと力なく線路の中に倒れこんでいた。

「部長！　神川部長！　大丈夫ですか！」

何度も呼ぶと、部長の瞼《まぶた》がゆっくりと開く。

「立てますか!?」

ぼんやりとした様子の神川部長は、俺に応えようとするかのように、ぐっと腕に力を入れた――らしい。けれどその動きにいつものような機敏さはない。

落ちた時にどこかを打ったのかもしれない。

まずい。電車はもう踏切を越えている。

(助けないと!)

その時、パアァッ、という大きな警笛が響いた。

夜の空気をつんざくように耳に届く。

(間に、合うのか……?)

一瞬そんな考えが頭をよぎった。


俺なんかが線路に下りて、彼女を抱えてホームに上げられるのか?

いや、ムリじゃねえ?

絶対間に合わないいんじゃねえ?

俺も轢《ひ》かれて死んじゃうんじゃねえ?

でもこのままだと部長は確実に轢かれてしまうということで――……

時間にしたらたぶん一秒か二秒くらい。

本当に刹那の間に、そんなことを俺は考えた。

パアァァッ！

もう一度、今度はもっと近くで聞こえた音と眩しいライトの光で、俺の意識が引き戻される。

「か、神川部長！」

何やってるんだ。バカじゃないのか？

考えてる時間なんて最初からなかったのに。

線路では、まだうずくまったままの部長が最後の力を振り絞るようにこちらを見ている。頼りなさげに瞬いた彼女の瞳に映る俺は、一体どんな顔をしていただろう。

白くて綺麗《きれい》な指先が、震えながら伸ばされて。

「……さ――」

その口が、俺に向かって何かを言おうと開いた瞬間。

耳をつんざく特急列車の警笛と、緊急停止をかける金属の激しく軋《きし》む音。

彼女の言葉は音にもならず。

カンカンカン。

いつまでも耳の奥で警報音だけが鳴り続けている。

「――どうしました⁉」

バタバタと駆けつけてくる駅員達《たち》が俺を抱えた。

そうされて初めて、俺は自分がホームの端で腰を抜かしていることに気がついた。

神川部長の姿は見えない。

「あ、あの、俺、あの――部長が、落ちて、あの――」

言葉が上手《うま》く出てこない。


なんで俺はこうなんだ。

神川部長は俺を守ってくれたのに。俺は彼女を守れなかった。

俺がちゃんと、すぐに助けに動けていたら。

バカみたいなことを考えていないで、せめて駅員を呼んでいたら。

いや、そもそももっと早く神川部長に気づいていたら。

これはもう完全に、リカバーできない人生最悪のミス――じゃすまされない。


「危険です、下がって！」

今度は押されるように退《ど》けられて、俺は自分の足元がガラガラと崩れ落ちていく音が聞こえた気がした。

第1章　ブラック上司から「転生した」と告げられました

1．間違いだらけのヒーロー

それからの記憶は曖昧だ。
駅員や警察から事情を聞かれ、救急車にも同乗して。
（や、やばい……、え？　これ、俺もしかして犯罪者にならないか……？）
緊迫した状況の中で、俺が覚えていることといえばそれだけだ。
情けないって？　だってそうだろう？
見殺しにしたと思われても仕方がない状況だった。
いや、むしろ俺が突き落とした、なんて言われるかもしれない。
目撃者はいなかった。
加えて俺は会社で大ポカをやらかしたばかり。
神川《かみかわ》部長に叱責されて、えらく落ち込んでいたのを部署のみんなは知っている。

きっとあいつがやったんですよ。

誰かがそんな噂《うわさ》を囁《ささや》いたら、それが真実のような顔をして歩きだす。

そんな状況が目に浮かぶ。

（終わった……俺の人生、たぶん、終わった…………）

さようなら、平凡。さようなら、普通。

さようなら定年退職。

郷里の母よ、俺はこれから塀の中です――……


憧れの上司を助けられなかったばかりか、自己保身ばかりが先走り、手術室のランプが赤く点灯してからも、俺の心臓は冷えて固くなっていた。

その晩、神川部長がどうにか無事に手術を終えたのを見届けて、俺は放心したまま帰宅。

警察が俺を連行しに来るかもしれないと、気が気でない週末が過ぎ。

そうして迎えた月曜日。

「聞いたぞ、郁馬《いくま》！」

「ひぃっ！」

会社に入るなり、俺は同僚の大和田朝陽《おおわだあさひ》にバシッと背中を叩《たた》かれた。

思わず悲鳴が口をつく。

「スーパーヒーローのお出ましだな！」

「ス、スーパーヒーロー……？」

何言ってんだ……？　警察の隠語か……？

「って、どうした？　顔色悪いぞ？　貧血か？　ブルーベリー食うか？」

ぽかんと開けてしまった口に、ポイッと投げ込まれたのはブルーベリー味のグミだった。なんでそんな女子力高めな菓子持ってんだよお前。

「しっかし噂で持ちきりだぜ！　あの神川部長を転落事故から救ったってな。すごいよなぁ。線路から引き上げたんだって？　俺だったら、そんな状況で咄嗟《とっさ》に動けるかわかんねーや」

「は？　え？　俺が、神川部長を、引き上げた……？」

朝から意味がわからない。

まだ頭が寝ぼけてんのかな。週末ほとんど寝られなかったもんな。

「ははっ！　なんだよ、郁馬。謙遜すんなって！」

「けんそん……？」

バカみたいに反芻《はんすう》する俺に、大和田はニコッと笑顔を向ける。

女子なら黄色い悲鳴を上げただろう、爽やかイケメンのキラースマイル。

高身長、高学歴、なんで同期なんだと疑問しか湧かないナイスガイ。

だけど今の俺にはただただ眩《まぶ》しい。

目に痛いからやめてくれ大和田。

悪いけど、俺はお前にはときめかない。

「いや～、つーかさー！　だってお前、憧れの上司を命がけで助けた、って、もうヒーローじゃん！　お前、部長大好きだもんな～。良かったな、郁馬！　これで恋が芽生える可能性も――って、そっちは部長が戻ってからか～」

「大好き――って、おま、やめっ――じゃない、そうじゃなくて、ヒーローって……」

「おおっ！　斎藤《さいとう》君、聞いたぞ」

「ひぃっ！　せ、専務!?」

更にバシバシと背中を叩かれていると、今度は専務までやってきた。

大和田と同じことを言いながら、えらい、すごいと褒めそやしてくる。

「神川君の事故の連絡があった時には肝が冷えたが、君が迅速な処置をしてくれたんだってな。神川環季《たまき》君は我が社の宝だ。その宝を、君が救ってくれるとは。やるじゃないか」

「はっ!?　え、えぇと――」

「まあ、先週の一件は進退を、という話もあったんだがね。神川君が上手《うま》く立ち回ってくれたみたいだしなあ。全て一件落着。終わり良ければ全て良し、だな」

目を白黒させる俺を残し、専務はご機嫌で去っていってしまった。

疑問を投げる暇はなかった。

だがどうやら、事実とかけ離れたデマが、大きな顔をして歩き回っているらしいことだけは理解できた。

「なあ、大和田！」

「おっ？　なんだ？　どうした？」

「お前が知ってるその噂、全部俺に教えてくれ！」

そうして大和田から全容を聞きだした俺は。

「…………なんって、そんなことになってるんだ……？」

会社の昼休み。

誰もいなくなった給湯室の端で、壁に向いて呟《つぶや》いていた。

額をぐりぐり押しつけているせいで、鼻の先も当たって痛い。

でも、それよりも頭が痛い。

「俺が、神川部長を救ったヒーローにされている、だと……？」

どうやらあの日。

社の一大プロジェクトを責任者として進めていた神川部長は、残務続きで疲れていたらしい。疲労を隠し、深夜に差しかかる時間まで、一人残って処理をしていた。

その疲れの溜《た》まった体で帰路につき、あのホームで線路に落ちて。

「居合わせた俺が危急の事態に対応したため、部長は一命を取り留めたって——……」

いやいやいやいやいや！

俺、何にもしてねぇぇぇ!!

思わず頭の中で絶叫する。

（してねぇわ！　してねぇだろ！　むしろ、どう考えても二の足踏んでたわ！　ていうか神川部長がやってた残務って、俺のやらかした件の後始末だよな⁉　いやいやいやいやいや、待った待った待った待った……命の恩人どころか、命の狩人《かりゅうど》だわ！　けど、今更『ギリ見殺しにしようとしました』なんって言えねぇぇっ!!）

罪悪感で胸も痛い。

平凡サラリーマンが、塀の中に収監されるかと思いきや、一転して羨望の眼差《まなざ》しを向けられるヒーロー扱いとか、人生というジェットコースターが激しすぎて、気持ち悪くなってきた。

「…………」

頭をゴチッゴチッと壁に打ちつける。

白い目を向けられたり、犯罪者呼ばわりされることもない。

うだつが上がらないこんな俺が、神川部長を助けたヒーローだなんてありえない話が信じられていることがウソみたいだ。

「……でも」

だけど、真実はそこにない。

それを告げる勇気もない。

「……俺は、なんにもできなかったじゃんかよ……」

過大評価をこれ幸いと喜べる傲慢さすら持ち合わせていないない尽くし。

情けなさに目を閉じる。

「──あっ。こんなところで何してるのー？　ヒーロー君！」

「ひいぃっ！」

と、また突然、背中をポンと叩かれた。

「きゃっ！　びっくりしたぁ」

「ひ、姫川《ひめかわ》⁉」

振り向くと、俺の悲鳴に目をまるくしていたのは、同期の姫川はるだった。

大和田とは幼馴染《おさななじみ》だそうで、偶然この会社で再会したという話を、新入社員歓迎会で、これでもかというくらい先輩方に弄《いじ》られていた。

「どうしたの郁馬君？　お疲れ？」

姫川が心配そうに俺の顔を覗《のぞ》き込《こ》んでくる。

小柄な姫川にそうされると、上目遣いというよりも、ぐっと首を伸ばしている感じがして、いつもちょっと申し訳なくなる。少し膝を折るようにして高さ調整をしてやると、姫川は不思議そうに小首を傾《かし》げた。

その仕草で、ふわりとウェーブのかかった髪が肩のあたりで柔らかく揺れる。

「週末大変だったんでしょ？　例の件のリカバーで遅くまでかかりきりだったって、朝陽からも聞いたよ～」

「うぐっ……」

「わわ！　どしたの！　大丈夫⁉」

例の件、とは、俺のやらかした我が社始まって以来の大損失事件のことだろう。

耳に痛いを通り越して、真新しすぎて深い傷が胸に痛い。

姫川は俺がミスした翌日から別件で出張に出ていたため、俺がゾンビのような顔で神川部長に謝罪していたところは見ていないのだ。

なんかちょっと大きめのヘマをやっちゃったけど、神川部長の神回避でどうにかなった件〜、くらいのノリなんだろう。

「ちょっと思い出して心が痛くなっただけだから、大丈夫……」

「へ？　あ！　あ〜！　そうだよねぇ！　知り合いが電車に轢《ひ》かれそうなところなんて、トラウマになっちゃうよね！　ごめんね、思い出させちゃて！」

「あ、いや、そっちじゃなくて……」

「へ？　そっち？」

「あ、ええと、いやいやいや。なんでもない」

善意百二十パーセントで気遣ってくれる姫川に、余計なことを言う必要はない。

軽く手を振って答える。

「でも本当すごいよ、郁馬君。……やっぱりやる時はやる男だねぇ」

姫川はそう言いながら、なぜかちょっとだけ照れたようにはにかんで、上目遣いで俺を見た。

「みんなもすごいって、郁馬君のこと見直してた」

同期としての仲間意識か、姫川はいつだって俺にも優しい。

（……やる時にやれる男だったら良かったんだけどな）

だけど、事実と違う褒め言葉は、今は心苦しさの方が強い。

「私も」

「うん？」

そんな俺の胸に、姫川は小さな手をグーの形にしてこつんと当てた。

「……同期組として鼻が高いよ」

花がほころぶような笑顔でそう言う。

大きな黒目がちの目が、俺を真っ直《まっす》ぐ映している。

そんな彼女を見ていると――

「姫川……」

実家のポメラニアンを思い出してしまうのだ。

どんな時でもモコモコのふわふわ。

疲れた心にあったかくて柔らかい実家の天使。

「ひゃわっ！　な、なに？」

そう思ったら、無意識に俺は姫川の頭を、わしゃわしゃと撫《な》でくりまわしていた。

「あ、悪い。実家の犬を思い出してつい……」

「ひ、ひどっ！　ひどいよ、郁馬君！　私人間なんですけど！」

「ごめんって。お詫《わ》びに今度コーヒーおごる」

「あっ！　そ、それなら！」

「え？」

「コーヒーじゃなくて、あ、あのね、今度一緒に――」

言いにくそうに、俺が乱した髪を手で整えながら、姫川が身を乗り出してきた。

と、その時。

「おお、斎藤君！　ここにいたのか」

専務がひょっこりと顔を覗かせた。

何がどうして専務がこんな給湯室に。

驚く俺の前で、何故《なぜ》だか姫川が飛び跳ねるように俺から離れる。

そんな彼女にチラリと目を向けた専務は、すぐに真剣な表情を俺に向けた。

「すぐに病院に行ってくれ」

「え？　病院って――」

まさか、神川部長に何かあったのか。

一気に血の気が引いていく。

「神川君の意識が戻った」

「！　本当ですか⁉　良かった――」

ホッとして、張り詰めていた力が抜ける。

だが。

「それでだ」

次の言葉はまるで予想もしないものだった。

「斎藤君、君を呼んでいるそうだ」

「は？」

2. どちら様でしょう……？

取るものもとりあえず。

そんな慣用句を地で行くような緊急事態は、今までの俺の平凡な人生になかった。

一生縁遠いものだと信じていた俺は、ポケットに財布とスマホだけ突っ込んだ状態で、病室の前にたたずんでいた。

(なんでだ……？　なんで、俺が呼ばれてるんだ……？)

訳のわからないまま、意を決してノックを三回。

返事はない。

「し、失礼、しまーす……」

蚊の鳴くような声で言いながら、スライド式のドアを引く。

一人部屋の病室には、オフホワイトのカーテンが引かれ、ベッドが一台。

「神川《かみかわ》部長……？　斎藤《さいとう》ですが……」

いくら待っても返事はない。が、突っ立っていても仕方がない。

俺は恐る恐るカーテンに手をかけた。

ゆっくり引いて、顔半分だけ覗《のぞ》かせてみる。

「――――」

果たしてそこには神川部長がいた。

最後に会ったいつもの黒いオフィスファッションでは勿論《もちろん》ない。

前開きの寝巻きは入院時のよくある紐《ひも》で結ぶタイプのやつで。

ここが病院で彼女は入院患者なんだと、目の前の光景がはっきり突き付けてくる。

だが、そんな神川部長は、静かに長い睫《まつげ》毛をふせていた。

「ええと……」

艶やかな黒髪は邪魔にならないように横に流され、寝息の聞こえてきそうな唇は、想像よりもふっくらとしていて、赤く色づいて見える。

「……眠ってんのかな」

ちょっとだけホッとする。

どうして助けなかったのか、と恨みに満ちた瞳を向けられたらどうすればいいかと思っていただけに、延命治療を施された気分でもある。

けれど勝手に帰るわけにもいかない。

俺はベッドサイドにあったパイプ椅子に腰を下ろした。

（手術、したんだもんな）

体は本調子から程遠いだろう。

そのまま少し待ってみることにする。

（しっかし、なんで神川部長は、俺なんか呼んだんだ？　もしかして人違いとか？）

可能性はある。

似たような名前が、親しい社員にいるのかもしれない。

「そうだよな。俺と部長に接点なんてほとんどなかったし、直近の接点はやらかしたアレだしな……」

もし人違いじゃないのなら、やっぱりあなたはクビよ、という宣告のために呼ばれた可能性の方が高そうだ。

（いや、それなら人事からのお達《たっ》しで終わるよな）

わざわざ病室に呼びつける必要はない。

そんなことをつらつら考えながら、俺は見るともなしに、神川部長の顔に目をやった。

（ホント、綺麗《きれい》な顔してるよなこの人……）

今までこんなに間近で、神川部長の顔をじっくり見たことなんてない。

当たり前だ。

俺は一介の平社員で、神川部長は我が社のエース。

入社以来、俺の憧れのブラック上司。

勿論仕事という一面に於《お》いて、だけれど。

それでもこの外見の良さには、どうしたって目が行ってしまう。

陶磁器のように透明感のある真っ白な素肌は、全く年齢を感じさせない。

黒髪と唇の柔らかな赤が、コントラストを際立たせて艶《なま》めかしいのにあどけなくも見える。

そういえば化粧をしていない神川部長を見るのは、当たり前だが初めてだった。

「なんか……」

よく見れば薄く開けられた唇から、静かな吐息が漏れている。

呼吸に合わせて、ほんの僅かに揺れる長い睫毛が妙に可愛《かわい》い。

「眠り姫みたいだな」

見たことないけど。

その時、一陣の風が、病室の窓から神川部長の髪を揺らした。

ふわりと頬《ほお》に流れた髪の毛を、俺は咄嗟《とっさ》に指の腹で払おうと手を伸ばし――

「――ほう。君には定めし姫がいるのか？」

「はは、やだなぁ、姫ってそんな――……」

突然、はっきりした声で話しかけられて、俺はビシリと固まった。

「――ぶ、部長⁉」

神川部長の目が、はっきりばっちり開いている。

「ブチョー？　はて。この肉体の主は、カミカワタマキ、という名のはずだが」

「は、はい……？」

「間違ってはいないはずだ。しばし待て。今確認する」

ちょっと何を言っているのかわからない。

寝ぼけているわけではなさそうな顔で、神川部長は再び目を閉じた。

短く瞑想《めいそう》するように眉を寄せ、それからカッと見開く。

「やはり、この肉体はカミカワタマキ！」

起きたばかりとは思えない朗々とした声が病室に響く。

「そして君の名は、サイトウイクマ！　それを私は知っている！」

ニカッという擬音が似合いそうなその笑顔は、俺が今まで見てきたどの神川部長にも、まるで当てはまらなかった。

3. 我が名はマティアス

「ええと……つまり……？」

意識を取り戻したという神川《かみかわ》部長を前にして、俺は引《ひ》き攣《つ》った笑いを浮かべていた。

パイプ椅子に腰かけて、膝の上に置いた手に、変な汗をかいている。

「うむ。君のために、私は何度でも言ってやろう」

そう言って、神川部長はしっかりと俺の目を見つめ、

「我が名はマティアス！　マティアス・フォン・ラインニガー。祖国ヴァルライド王国にて魔法騎士の栄誉を与《あずか》っていた者である！」

「医者を呼びましょう」

「はっはっは！　医師殿か！　医師殿とは既に何度も面通しを済ませておるわ！」

「マジすか……」

この人誰だ。

ベッドのリクライニングを上げ、点滴の刺さった細腕を組みながら豪快に笑っているのは神川環《たま》季《き》部長——のはずなのだが。

「それで、あの、脳の検査とかは……」

「検査？」

やっぱりあの事故の後遺症だろうか。

頭に包帯は巻いてないから、開頭手術をするほどではなかったんだとは思う。

だけど、頭を強く打っていたのかもしれない。

(それで記憶が混乱しているとか——……)

にしても、とんでもない混乱ぶりだ。

「ああ、何やら白い箱のようなものに押し込められ、オークの叫びとバルジャラの森を渓谷越えをする時のような騒音に耐えたあの試練のことか。はっはっはっは！　私を誰だと思っておる！　済

ませたぞ！」

「……ＭＲＩ、ですかね……」

誰だよオーク。どこだよ、バルジャラ。

さっきからずっと、こんな会話が続いている。

外見はどこからどう見ても神川部長なのに、言動が明らかにおかしい。

絶対頭のせいだと思う。打ったよなこれ。盛大にやったわ。

それとも、これは何かの前振りで、ここからフラッシュモブでも始まるとか。

いやでも、そんなことして何の意味が――

「イクマ？　どうした？」

「はいっ!?　郁馬《いくま》!?」

混乱した頭でそんなことを考えていた俺は、いきなり下の名前で呼ばれて驚いた。

名前で呼ばれるほど親しい上司は一人もいない人生だ。

――ではなくて。

神川部長に、郁馬、と呼ばれたことなんて一度もない。

「なんだ？　君の名はイクマだろう？　我が名はマティアスだ！」

「いや、そういうんじゃなくて……いえ、あの、い、いいです、気にせずに……」

はっはっは、とまた豪快に笑う部長の顔の前でプルプルと手を振った。

この人はきっと頭を打って、混乱しているだけなんだ。

そう自分の心に言い聞かせる。

「イクマ？」

けれど顔を覗《のぞ》き込《こ》んで名前を呼ばれて、俺は思わず顎を引いた。

目の前で憧れの女上司が親し気に下の名前を呼んでくる――なんて、古いエロ本の妄想に近い。

それか思春期に思い描く保健室のエロ漫画。

大抵リアルな保健室には、男子学生の気を引くような天使はいない。

俺の時は、笑うと前歯にべっとり赤い口紅がついている中年の養護教諭がいた。

怪我《けが》をしても、なるべく保健室には行かないようにと心掛けていた思春期を思い出す。

そうやって、男の子は現実を知っていくのです。

「ははぁ……？　さては、イクマ。私の傷跡を気にしているのだな？」

「は、はい？」

現実逃避しかけた俺をどう思ったのか、神川部長はそう言うなり、いきなり自分の胸元に手をやった。それから一気に大きく開く。

「これがその時の――」

するりと寝巻の落ちた襟元から、白く綺麗《きれい》な鎖骨が見えて、

「のわぁぁぁあっ!!」

俺は思わず大声で叫んでしまった。

見えた。確実に見えた。その下の、白くて大きくて柔らかいやつ――

ではなくて！

「なななにしてるんですか、神川部長！　いや、俺、あの、見てない！　見てないです、すみません！　全然何も見えてませんからーっ！」

「何故《なぜ》だイクマ。私が君に見せているのだ。見ればいい」

「すみませんすみません、勘弁してください、ちょっ、待っ、すみません！」

待った。待って。神川部長って実は露出が趣味の方か。

だけどこんな――入院中の上司を見舞ったと見せかけて、はだけた胸をガン見なんてしてしまったら、最後だろう。

こんな姿を誰かに見られでもしたら、百パーセント俺がアウトだ。

「イクマ」

「ひいぃっ!?」

パニックになる俺の顎を、神川部長の指先が持ち上げる。

「よく見ろ。タマキの体の傷は浅い」

「いぃいっ――……って、へ？」

その言葉に、思わず俺は瞑《つぶ》っていた目を開けた。

「え――」

寝巻きのはだけた素肌の上に、大きな胸のふくらみを挟んで傷が一つ。

ラッキーと呼ぶには突然すぎて動悸《どうき》が激しくなる状況だが、それよりも。

目に飛び込んできた大きなそれに、俺は思わず息を呑《の》んだ。

鎖骨よりも少し下。

胸のふくらみの中心から左に少しカーブして下へと伸びる、赤い傷跡。

「これって……」

だけど、これが線路に落ちた傷跡か……？

俺の知っている手術の縫合痕とも全然違う。

それに、ぷくりと盛り上がったその傷は、乾いていた。

つい先週、負った傷には到底見えない。

なんだかまるで、鋭利な刃物でやられた痕のようにも見える――って、見たことないけどそんな刀傷。ドラマ以外で。

「神川部長、これは……」

「医師殿も私の体を見て怪訝《けげん》そうな顔をしていた。これはおそらく、私がヴァルライド王国で最期に受けた魔法刃の痕――。おそらくタマキが負ったという傷は、私がこの体に転生した時に、自動補修がなされたのだろう。マナが受け継がれ融合する際、ごく稀《まれ》にだが、傷病が癒えることがあると聞く。我が身に起きたのは、幸いであったな」

淡々と語る神川部長は、ふざけているようには見えなかった。

だけど、はいそうですかと二つ返事で頷《うなず》ける話でもない。

俺の指先に感じるのは、生身の体。そして傷跡。

決してあの事故でつくはずのない形状の傷跡という事実だけだ。

「医師殿に何度説明しても埒《らち》があかなかったのでな。タマキの記憶に強く刻まれていた君を呼んでもらった、という次第だ」

「記憶に強くってどういう――」

「ところでだ、イクマ」

疑問の声を遮って、神川部長が俺の手を取る。

「その触り方はくすぐったいのだが」

「のわぁぁぁっ！　すみません！　すみません！　ついうっかりっ！」

無意識に傷跡を指先でなぞってしまっていた俺は、前をはだけたままで神川部長に詰め寄られ、思わず大きく仰《の》け反《ぞ》った。

胸に近づけすぎていた顔を離すと、視界が一気に眩《まぶ》しくなる。

「おい、イクマ。そんなに謝らずとも――」

「すみま――、って、うわぁっ！」

そうして俺は、椅子から思い切りすっ転んだのだった。

「存外面白い男なのだな、イクマ」

「す、すみません……」

受け身も取らずに後ろに転んだ俺の頭には、大きなコブができていた。

大きな音に驚いた看護師が、コブの先端にできた小さな傷口をちょんちょんと消毒してくれて、身の置き場がまるでなかった。

見舞いに来た上司の部屋で受傷していたら世話がない。

神川部長はくすくすと笑いながら、ひとしきり俺の頭を撫《な》でくり回し、それから両腕を組むと、ベッドの上で胡坐《あぐら》をかいた。

「それでだ、イクマ。私が君を呼んだわけなのだがな」

「は、はぁ」

「私の状況を教えてはくれまいか」

「はい？」

むしろ俺が教えてほしい。

さあ、こい、と言わんばかりの満面の笑みは、造形が良いだけに抗《あらが》えない迫力があった。

（この人が普段無表情だったのって、むしろ周囲への影響を考えた末だったんじゃ……）

こんなにくるくる動く表情で指示されたら、何にでも従ってしまいそうになる。

「タマキが大きな鉄の塊の暴走事故に遭ったという話は聞いている」

鉄の塊の暴走――、いや、暴走はしていなかったけど、まあ、つまりは列車事故だ。

大きく間違ってはいない認識に、俺は恐る恐る口を開いた。

「念《ねん》の為《ため》ですが、部長はどこまで覚えていますか……？」

「ふむ。それなのだが――」

そうして部長は話しだした。

「私はヴァルライド王国の魔法騎士であった。名はマティアス・フォン・ラインニガー。国王グレニルド三世の縁戚にて、爵位を賜る家系の嫡子。幾度も武勲を上げ、王国を魔獣軍の侵略から守護し、国王直属の騎士団長の栄誉に与りし我が身なれど、最期の日、あの夜、雷鳴轟《とどろ》く夜半の襲来で――」

神川部長の口から語られる物語は、まるでゲームの世界だった。

大国ヴァルライド王国は、剣と魔法と魔獣のいるファンタジー世界。

そこで魔法と剣を操る騎士だった神川部長こと、マティアス・フォン・ラインニガーは、王直属の騎士をしていたらしい。下士官からの信頼も厚く、命を賭した人生を快活と過ごしてきたことは想像に難くない。

そう思わせる闊達《かったつ》な表情で神川部長の武勇伝は続く。

「友であり好敵手でもあったリドニア・アルトマンが遠征より戻りし時には、この傷は既に我が身を貫き、もう長くはないと私は悟った」

ある日、膨大な数の魔獣軍――というのがどんなものなのか、正直俺にはよくわからないが――が、ヴァルライド王国に攻め込んできた。

三日三晩、マティアス率いる王国軍は死闘を繰り広げ、進行を食い止め、そしてとうとう力尽きたというわけだ。

強大な結界魔法を国全体に敷き、常《とこ》しえに国を守護する印を結んだマティアスを、最期の報復とでもいうべき魔獣軍の一撃が襲った。

結界は成った。思い残すは、愛《いと》しき国の行く末を案じる心。

しかして思いは連なると信じ、マティアスは生涯の目を閉じた。

(この話、どこに行きつくんだ……)

これっぽっちもファンタジー要素に興味のない俺は、正直少し飽きてきた。

上司の手前、席を立つわけにもいかず、俺はなるべく右から左に聞き流すようにして耐えていた。

話の内容が壮大すぎる。

魔獣も魔物も、小学生時代にちょっとかじったゲームで卒業済みの身には辛《つら》い。

しかし神川部長は、熱のこもった弁をふるって、自分の胸に拳をあてる。

「これで命は潰《つい》えたと思った。しかし、その瞬間。私はこの肉体――カミカワタマキと一つになったのだ」

「いや、一つにって……」

おお、ようやく話が現代に戻ってきた。

とはいえ、全く意味がわからない。

引き攣る俺に、神川部長はハッとしたように眉を上げた。

「体を奪ったという意味ではないぞ。それはこの体に流れるマナでわかる。私とタマキは等しい魂を持つ者、という意味だ。わかるな?」

「……すみません、俺にはちょっと難しくてですねー……」

わかるかそんなん。

俺は久し振りに、社会人としての基本スキル、『営業スマイル』を発動した。

等しい魂を持つ者？

私は私で、私ではない、的な？

なんなの？　ペルソナ？　大学で哲学や心理学は未履修だ。

「ふむ。つまり、だ」

神川部長は真剣な顔で何やら考え込んだかと思うと、大真面目な顔を俺にずいっと近づけてきた。

「私がタマキで、タマキが私なのだ」

「すみません、さっぱりわかりません！　ていうか近い！」

「むうぅ、何故だ！」

何故だと胸ぐらを掴《つか》まれましても！

彼女は一生懸命説明をしてくれているつもりだろうが、どう考えても記憶障害の妄想に付き合わされているだけでしかない。

そろそろ主治医を呼んだ方がいいんじゃないかと真剣に思う。

「あの、神川部長」

「わかったのか!?」

「――――」

だが、そう言いかけた俺に、神川部長が期待に胸を膨らませまくった表情を向ける。

——あ、ヤバい。その顔はヤバい。

そんな顔を貴女《あなた》に向けられて、期待を裏切る勇気が出ない。

仕方なしに、俺はおずおずと右手を上げる。

「……ちょっと整理させてください」

「うむ。許す」

不遜な態度で頷く神川部長を前に、俺は、自分の意志の弱さを呪った。

4．擦り合わせは、相互理解に必要です

「まず、事故の日のことは？　……覚えてますか？」

ひとまずそこから聞いてみる。

前後のことを思い出せれば、王国だとか魔法だとか、そんな話が現実と繋《つな》がらない事実を理解してもらえるかもしれない。

俺の微《かす》かな淡い願いは、

「眩《まばゆ》い光に導かれたことは覚えている」

あっさりと霧散した。

まあでも、眩《まぶ》しい光、とは、あの日の電車の走行ライトだろうと想像はつく。

事故のショックで、色々混乱してるんだろう。

覚えていないのも仕方がないと判断する。

では次だ、次。

「……俺のことを知っているのはどうしてです？」

「タマキの記憶として知っているのだ」

「なるほど。ということは、つまり」

「ああ、つまり——」

神川部長《かみかわ》が、キラリと瞳を輝かせて俺を見る。

事故の記憶がほぼなくて、記憶の一部に俺が残っていた。

そこから導き出される結論は。

「一時的な記憶喪失になっ——」

「否《いな》！」

だがしかし、俺の答えはきっぱりはっきり断じられた。

「私の記憶は健在だ。タマキの記憶も健在だ。だがしかし、この世界での彼女の魂だけが失われたのだ。つまりだな——」

また、何か哲学めいた話になってきたぞ……。

医者を呼ばなかったさっきの自分を恨みながら目を閉じる。

「魔法騎士、マティアス・フォン・ラインニガーはヴァルライド王国で敵襲により死を迎え、その折、なんらかの要因で、こちらで魂の死を迎えたカミカワタマキの肉体にマナが導かれた。すなわち！」

神川部長はそこまで一気に演説ぶると、ドン、と自分の胸を叩《たた》いた。

「私は異世界より、タマキに転生した者である！」

「――はぁ⁉」

病室ではお静かに。

わかりきっている標語をこんなに無視したのは初めてかもしれない。

だけど、それ以外に言葉が出ない。

何をどうしたって、助け損ねた上司がどうにか一命を取り留めたと思ったら、実は本人は死んでいました、私は異世界からの転生者です、なんて話を素直に呑《の》み込《こ》めるわけがない。

頭がお花畑すぎる陽キャか、自分探しをチラシの裏に書き散らしている思春期学生くらいしか、対処できない状況だ。

「どうした、イクマ。目を開けたまま寝ているのか？」

「……いやいやいやいや……」

訝《いぶか》し気《げ》に顔を近づけられて、俺はまたぐっと仰《の》け反《ぞ》った。

目の前にいるのは、どう見たって神川部長だ。

それ以上でも以下でもない。

（いや、でも待てよ……？）

そもそも俺は神川部長のプライベートを知らない。

もしかしたら、私生活では重度の中二病を患っていらっしゃる可能性も無きにしも非《あら》ず――なのか――？

「ないないないない……神川部長に限って、まさかそんな――」

「ところで、イクマ」

「うわっ！　だから近いですって、神川部長ー！」

口中でブツブツと仮定と否定を繰り返す俺に、また部長の顔が近づく。

再度後ろに倒れそうになった俺の頭に、すっと、腕が伸ばされて――

「危ない。また怪我《けが》をしてしまう。大切な体だ。気をつけろ、イクマ」

そのまま至近距離まで引き寄せられ、俺は口をパクパクさせてしまった。

完全に王子様台詞《ぜりふ》！　ホストも真っ青なナチュラルエスコート！

っていうか、この人、こんなにパーソナルスペース狭かったか!?

「それから」

言葉を続ける神川部長の真剣な瞳が俺を射抜く。

黒曜石のような濡《ぬ》れた瞳に、俺がはっきりと映っている。

「は、はい」

「そのブチョーというのは据わりが悪い。今後、私のことは、タマキ、と呼べ」

「た、――いやっ、えっ⁉」

「約束だ」

またぞろ、ずいっと顔を近づけられて、俺は頷《うなず》くことしかできなかった。

約束という言葉の命令口調はこれ如何《いか》に。

現代日本の縦社会において、役職者を下の名前で呼び捨てにする文化はない。

自分は転生者だと言いだした上司から、とんでもない約束を取りつけられてしまった俺は、職場の誰かに聞かれる前に、早く記憶を取り戻してくれと切に願うしかなかった。

5. 漫画やアニメじゃあるまいし

病室での衝撃の告白から十数分後。

俺は神川《かみかわ》部長――もとい、環季《たまき》さん（呼び捨ては断固拒否の姿勢でいたら、文化の違いということで、どうにか許していただけた）の主治医から、話があると呼びだされた。

「既にお話をされていたようですが、あ〜……、え〜……」

医師にしては珍しく歯切れの悪い言い方だ。

けれど、さっきの彼女を見ていれば、なんとなく察しはつく。

きっとあの壮大な異世界と転生話を、理系と科学の守護神ともいえる医療関係者にも彼女は滔々《とうとう》としたのだろう。

滲《にじ》み出《で》る戸惑いが、白衣の中から見え隠れしている。

「その……貴方《あなた》には全てをお話ししてお任せしていいと、患者様ご本人よりお話がありましたので」

医者は一言そう前置いて、事故当日の経過を俺に教えてくれた。

「神川さんは、あの日、貴方に付き添われて当院に救急搬送され、同日緊急手術ということでオペ室に運ばれました。それは事実です」

「は、はい……」

それは俺も知っている。

ドラマのワンシーンみたいに、赤いランプが点灯して、消えて。

だけど、俺も全てを覚えているわけじゃない。

家族でもないからと、状況の事情聴取だけをされて、「あとはお任せください」「何かあれば連絡をさせていただくことがあるかもしれません」と追い出されたようなものだった。

「問題は術中のことなんですが」

主治医、曰《いわ》く。

彼女は心肺停止状態でここに運び込まれた。

緊急手術が行われたが、その直後から手術スタッフ全員の記憶が曖昧である。

気がつくと、手術台には、胸に大きな傷跡を一つ残したのみの彼女が息を吹き返していた――、と。

「脳波など、全てどこも異常は見られません。健康体そのものでして」

「そ、そんなことってあるんですか……？」

線路に落ちて、電車が突っ込み――健康体？

「あの胸の傷は、乾いていて、弾力があって――……昨日今日でできた傷には見えませんでしたけど」

いわゆる人身事故の被害者が、刀傷一つってそんなバカな。

「ありえません。……が、ありえている。事故の詳しい状況は救急隊員から聞いたのみで、我々は現場で見ていたわけではありませんし、斎藤《さいとう》さん、あなたも何かご存じではないんですよね？」

「俺は――……はい、そうです……」

瞼《まぶた》の裏に、環季さんの最後の顔が浮かぶ。

俺に弱々しく手を伸ばそうとして、強い光が全てを消した。

俯《うつむ》く俺に、主治医は小さく息を吐いた。

「そうなるとこの状況は、もう、集団催眠くらいしか可能性がないんですよ」

「で、でも、彼女のあの言動は？」

「線路に落ちたのは事実ですし、やはり、そこで強く頭を打ち、そのショックで一時的に記憶が混乱している可能性が高いかと。外科的に明確な症状はありませんので、あくまで可能性としてですが。もしくは、極度のショック状態により、恐ろしい記憶から身を守るため、一時的に別人格を作り上げた可能性も――」

いわゆる多重人格というやつか。

（いや、でも、恐ろしい記憶から身を守るために、魔獣に切り裂かれて死んだという別人格を作って、心が楽になるってあるのか……？）

なんだか本末転倒な気がする。

眉を寄せる俺に、主治医は憐憫《れんびん》の表情を向けた。

「あまり急な刺激は与えず、普段通りの生活をしていれば、思い出していくこともあるでしょう。ひとまず本日退院はできますので、お家《うち》で様子を見てあげてください」

「はぁ……家で様子を――って、俺がですか⁉」

当たり前のようにそう言って席を立つ主治医に、俺も思わず立ち上がってしまった。

驚く俺に、主治医は今更とでもいうような顔になる。

「胸の傷跡をご覧になられるご関係なんですよね？」

「いやっ、それはその！　むりやり――」

環季さんに見せられただけだ。

「触られたんですよね？」

「さわっ――」

くすぐったい、と笑った環季さんの声を思い出してしまい、俺はウッと言葉に詰まる。主治医は患者に向けるアルカイックなスマイルを見せた。

「では、そういうことで、よろしくお願いします」

どうしたものかと考えながら、仕方なしに病室に戻る。

と、環季さんは寝巻きから、既に私服に着替えていた。

黒のロングスカートに、どう見てもフリーサイズの黒いシャツ。

「おお、イクマ！　待っていたぞ」

俺の姿を見るなり、嬉《うれ》しそうに破顔する。

大輪のバラが咲きこぼれるような笑顔だ。

そんな表情を向けられて、柄にもなく顔が熱くなる。

「医師殿から帰宅の許可が出た。この服も、先程看護の者が譲ってくれてな。さあ、イクマ。私を先導してくれ」

「は、はい？　俺が先導って――」

「タマキの記憶はあるが、私の経験ではないからな。記憶とは、そも非常に脆《もろ》く曖昧なものなのだからな。つまり私は、この世界で生まれたてのヒナのようなもの。イクマ！　君は私を――タマキを暴走事故から助けてくれたのだろう？　それは、ここにいる間、幾人からも話を聞いた。私自身、タマキの記憶で一番強いのは、私に手を伸ばし、見つめる君の熱い瞳だ。ありがとうイクマ。そのこと、深く感謝する」

「い、いや、待ってください。俺はそんな――」

それは完全に誤解だ。

けれど環季さんはそれが絶対だと言わんばかりに、力強く俺を見つめる。

それからにっこりと笑顔を向けられ、俺は言葉を続けられなかった。

(違う、俺は助けてない。助けられなかった。それどころか——)

心の中だけで言い訳をして。

本人が覚えていないのをいいことに、俺は否定するタイミングを逃したのだ。

「ということで、だ」

俯く俺に、環季さんが胸を張った。

「助けた者の責任は最後まで、助けた者が負うものだろう？」

「は？　いや、ちょっと待っ——」

「だから、イクマ。君には、存分に頼らせてもらうぞ、我が盟友よ！」

盟友ってなんだ。俺は部下だ。

ニカッといい笑顔を向けられても、なし崩しにしてはいけないものもある。

「そもそも貴女《あなた》の家を、俺、知りませんし！」

「何故《なぜ》だ？」

不思議そうに、環季さんの目が瞬かれる。

何故も何もない。

しがない平社員の俺が、部長の自宅を知っているわけないじゃないか。

「ああ、そうだ。タマキの私物はこれに入っているとさっき貰《もら》った。中身は私もざっと見たがな、私には全てよくわからなかった。はっはっは。それらも追々、私に教えてくれれば良《よ》いぞ、イクマ！」

ずいっと目の前に突き出されたのは、本革の使い込まれた環季さん愛用の黒いカバンだ。

「いやいやいや、俺に渡されても困りますって！」

「確認も処分も君に任せる。遠慮はするな」

「遠慮させてください、頼みますから」

「はっはっはっは！」

笑いごとじゃ全然ないのに。

バッグを突っ返そうとしたその時。

病室のドアがノックされて、看護師が困ったような笑顔を見せた。

「申し訳ありません。そろそろ退院手続きに――」

6. 移動は馬か空中浮遊

流されるまま退院手続きを済ませた俺は、環季《たまき》さんと連れ立って病院を出る羽目になった。

医事課で手続きの間中、環季さんは興味深そうに俺の手元を覗《のぞ》き込むように見つめていたが、彼女の同意を得たということで、手続き書面の記入は全て俺がした。そんな俺の手元をじっと見つめては、俺の顔と見比べるように視線をきょろきょろ動かす彼女は、まるで親の動きが気になって仕方ない三歳児みたいだった。

記憶障害だという事情を知っているのだろう職員達《たち》が、憐憫《れんびん》を多分に含んだ微笑で俺を見てくるのが辛《つら》かった。


「これから移動するのか？」

「神川《かみかわ》部ちょ……た、まき、さんのご自宅に、ひとまず俺がお送りします」

「うむ。世話になる」

邪気のない爽やかな表情で微笑《ほほえ》まれて、俺はスッと目を逸《そ》らした。

部長のこんな笑顔は知らない。

俺に向けてというよりも、会社で一度も見たことがなかった。

常に冷静沈着で、怒声を上げることも、大声で笑うところも、たぶん誰も見たことがないんじゃないかと思う。

それなのに、今日再会してからの彼女は、まるで笑顔の大安売りだ。

なんだか、心臓の裏あたりがムズムズしてしまう。

「ええとですね、環季さんのご自宅は久野木《くのぎ》方面らしいので、ここからだと一番近い駅に出るのは――、あ、いや、やっぱりバスで行きましょう」

環季さんの現住所は、退院手続きの時にも必要で。

やむを得ず、会社へ事情を簡易的に説明して教えてもらい、退院書類に記入した。

ついでに、緊急連絡先には俺の携帯番号を書くことになった。

(仕方ないんだ。環季さんの交友関係知らないし！　家族の有無も知らないし！)

そもそもここに至るまでに、病院や警察だって身元確認をしただろうし、それで親族が来ていないってことは、おそらく事情があるのだろう。

大人なんだから色々あって然《しか》るべきだ。

(それでなんで、俺が呼ばれたのかは、ちょっとよくわかんないけどな……)

今それを考えていても仕方がない。

まずは、環季さんを無事に家に送り届ける。それが今の俺の責務だ。

自分自身に言い聞かせる。

「環季さん、行きましょう。バス停はこっちです」

ここから一番早い移動手段は電車だ。

だが、事故のことを考えると、まだちょっと酷な気がして、俺は慌てて方向を変えた。

「バス？　ふむ。よくはわからんが、承知した」

俺の真横を、環季さんが並んで歩く。

いつもは俺が彼女の後ろ姿を見つめてばかりいたから、並んで歩くのはものすごく不思議な感覚だ。

「……マ、……イクマ、イクマ！」

「うおっ！　は、はい⁉」

俺のジャケットが、環季さんに引っ張られた。

考え事をしていたせいで気づかなかったようだ。

「して、我々の馬はどこだ？」

「はい？　馬？」

「馬で、その『バス』とやらまで行くのであろう？」

真っ直《ます》ぐに俺を見つめる彼女の表情は真剣そのもので。

（――記憶の障害、って、これ結構ヤバイ状況なんじゃないか……？）

俺は初めてそう思った。

記憶としては知っている、という彼女の表現が、少し現実味を帯びてくる。

呆然《ぼうぜん》と見つめてしまった俺に、環季さんは自分の間違いを察したらしい。

「違うのか？　……ふむ？」

腕を組み、視線を左右に振ったかと思うと、パッと華やいだ顔つきになる。

「おお、なるほど！　飛んでいくのだな」

「は？　飛ぶって――」

言うなり環季さんは目を閉じて、何やら口中で呟《つぶや》き始める。

突然、ふわりと彼女の長い髪が舞い上がったかと思ったら――

「と、ととと、飛んだ⁉」

地面からゆっくりと、環季さんの体が浮き上がった。

「は⁉　あ⁉　ええ⁉」

エフェクト効果のかかったゲーム画面を見ている気分だ。

「どうした、イクマ。バスとやらまでは、先導してくれねばわからぬのだが」

「いやいやいやいや、なになになに⁉」

空中に浮かんだ環季さんが、急《せ》かすように手を引く。

なんだこれ、どういう仕掛けだ。どうなってるんだ。

目を白黒させていると、環季さんが不思議そうな顔をして、ゆっくり地面に足を下ろす。

「なんだ？　イクマは飛べぬのか？　では、やはり移動は馬か？」

「飛べ……いやっ、あの……そのっ……」

こてんと小首を傾《かし》げた彼女は、神川環季の姿をしている。

声も――会社で聞くよりは明るく高い気がするが――神川環季のものだと思う。

だけど、もしかして、本当に。

彼女は、彼女じゃないのかもしれない――

俺はこの時になってようやく、事の重大さに気づき始めたのだった。

7．神川環季《かみかわたまき》は死んだのか

目の前で人が飛ぶ。

そんなのヤバい宗教のヤバイ勧誘のエフェクト動画だけだと思っていた。

君も修行を積めば飛べる！

さあ、自由に空を飛んでみないか！

フライ・ハイ！　イエイ！　……みたいな。

けれど、今、目の前で自分の上司が飛んだのだ。

有名タレントでもないのだから、壮大なドッキリを仕掛けるだけの価値は、俺にはない。わかっている。だとしたら、だ。

自分の頭がおかしくなったのでなかったら、真実だと思うしかない。

「いや……？　もしかしてもしかすると、あの時線路に落ちたのは俺で、これは全部俺が見ている都合の良い夢のパターンも……!?」

むしろその方がいいとすら思う。

俺はどうにか乗り込んだバスの後部座席で、膝に肘をつき、頭を抱え込んでいた。

だって、そうだ。

仕事で大ポカやらかして。

後始末をしてくれた尊敬する上司を過労に追い込み。

そのせいで線路に落ちた上司を見殺しにして。

（環季さんはやっぱりあの時、電車に轢《ひ》かれて――……）

俺は間に合わなかったのだ。

伸ばされた手を覚えている。

掴《つか》めなかった手を覚えている。

自分の保身を考えて、二の足を踏んだせいで間に合わなかったのだ。

もう少し早く、駆けだしていたら。

そもそも彼女をホームで見かけた時、すぐに声をかけていたら。

彼女が自分をどう思うか、なんてバカみたいなプライドを引っ提げてうじうじ悩んでいなければ、環季さんは線路に落ちなかったかもしれない。

百パーセント、俺のせいだ。

俺が殺した。

そして。


その体に別の人間が入っている——


(——最っ低だ)

なんて酷《ひど》いシナリオだろう。

俺は無意識に髪の毛をぐしゃりと掴んだ。

彼女の胸に大きく残ったあの傷は、別世界から彼女の体に入ったらしいマティアスの体にあったもの、ということなのだ。

（そうでもなきゃ、電車に轢かれて体が無事なわけない……）

あの時、最後に見た環季さんの瞳には、俺はどう映っていたんだろう。

あの人は、俺に手を伸ばしていたのに。

（なんで、俺は――……っ）

その手を掴めなかったのだろう。

「おおぉっ！　イクマ！　イクマ！　これはどういう術式なのだ！」

「――んぐはっ！　痛っ⁉」

どん底に落ちていた俺の背が、大きな声とともにものすごい力で殴られる。

不意打ちの攻撃に、肺が押されて思わず変な声が出た。

殴打の犯人は神川環季――マティアス・フォン・ラインニガーその人だ。

「なんだこれは！　驚いた！　なるほど馬より揺れはなく、速さはさほどでもないが、マナの消費がないというのはすごい乗り物だ。すごいな、イクマ！」

「ちょっ、あの、部長、お静かに――」

「ブチョーではない、タマキだ！」

「た、環季さん、わかりましたから、声のトーンを少し抑えて――」

「ふむ、あれは走行二輪か。異世界にも共通項があるのは嬉《うれ》しいものだな、イクマ！」

「環季さんんっ！　シーッ！」

「んむごごっ！」

興奮しきりな環季さんの口を、俺は思わず片手で塞いだ。

顔の前で人差し指を立ててみせる。

人の葛藤を知らない彼女は、バスが動きだした途端からずっとこの調子なのだ。

「むごごっ！　むぐっ！　もごごもんご⁉」

「シーッ！」

小さい子供のように窓に張り付き、目を丸くして外を見ては、キャッキャとはしゃいだ声で振り返る。それをいい大人が――しかもすこぶる美人が――している様は、はっきり言って超目立って仕方がない。

平日の真っ昼間。

田舎《いなか》の幹線道路を走るバスは、乗客が少なく高齢者が多いのだけが救いといえば救いだろう。

(困った……)

俺の手の下でもがく彼女は、どう見ても神川環季その人で。

記憶障害ではなく、異世界転生した人が中に入っているんです、など、おいそれと信じられるものではない。

たとえ信じられたとして、下手をしたら、政府に囲われて人体実験をされる可能性だって出てくるわけで。

「――ぷはっ！」

どうしたものかと考える俺の手を外した環季さんが、大きく息を吸い込んだ。

それから、自分の唇に人差し指をきゅっと当てる。

唇の形だけで「しぃっ」と言った環季さんは、楽しそうに声を立てずに笑っている。

静かにする、という意思表示は異世界共通で伝わったようだ。

ハラハラしてしまう俺をしり目に、環季さんは座高を低くして窓に近寄ると、そぉっと目だけをだして外の様子の観察を始める。

「ほほぉ、自動二輪があるのか……動力はマナか？　いや、精霊との契約なのか……」

「あの……静かにしていただければ、見るのは普通の姿勢で大丈夫です……」

完全に怪しい人の動きだ。

乗客達《たち》はあからさまな視線さえ向けないでいてくれるものの、バックミラー越しにチラチラと目が合う運転手の視線が痛い。

「しかし、すごいものだな、タマキとイクマの世界というのは！　マナは少ないというのに、かくも技術が発達している！」

環季さんの口からタマキという言葉が出ると、なんだか胸が苦しくなる。

けれどそんなことはお構いなしに、彼女は続けた。

「我がヴァルライド王国にも、この強固な板面をもつ装甲車が多数あれば、魔術の使えぬ者の防衛力の向上になったであろうと考えるよ」

訳知り顔で顎に手を当て、深く頷《うなず》いてそんなことを言っている。

（ヴァルライド王国……の、マティアスだっけ……）

念《ねん》の為《ため》、彼女の読んでいた漫画やアニメの世界であってくれと願いを込めて、スマホで検索をかけてみる。が、ヒットしない。

調べれば調べるほど、『異世界転生』や『神川環季の死』が確実なものになってきてしまい、俺の心は沈むばかりだ。

「何はともあれ、私も早くこの世界に馴染《なじ》まねばな。よろしく頼むぞ、イクマ」

ニカッと邪気のない笑顔を向けられて、俺は苦虫を噛《か》み潰《つぶ》したような顔になった。

その体は環季さんのものだ。

だけど心が違うのなら、それはもう環季さんではないのではないか。

マティアスがこの世界に馴染んだところで、環季さんが戻ってくるわけじゃない。

(それなら俺は何のために、この人に手を貸す必要があるんだ……？)

つらつらとそんなことを考えていると、彼女がふと遠い目をした。

「私は、タマキとしての体の生を譲られたのだからな。きちんと生きねば、この体に申し訳が立たぬ」

「――――」

その言葉に、俺はハッとして環季さんを見た。

そうだ。

環季さんが本当の本当に、もうこの世にはいなくなってしまったとして。

この体が環季さんのものである限り、何かあれば、それは全て、環季さんの人生への評価となってしまう。俺のせいで精神的な死を迎えた彼女の人生のこれまでやこれからを、貶《おとし》めることがあってはならない。

それを彼女は——環季さんの中にいる、マティアス・フォン・ラインニガーは、俺よりもはっきりと自覚しているのだ。

「す、ごいな……」

口から勝手に零《こぼ》れ落《お》ちた感想は、嘘偽《うそ》りない本心だ。

（環季さんは——……死んだ……）

そしてマティアスも、ここことは別の世界で死んだのだ。

けれども、何の因果か、彼だけが彼女の体に導かれて生き返った。

（一つになったって、言ってたよな……）

魂は同じだとかなんとか。

（それってさ、環季さんは、環季さんっていうこと、なんだよな……）

自分の死すら受け入れて、見知らぬ世界で今に馴染もうと前を向く姿は、俺の憧れた神川環季の姿に通じる。

彼が、彼女が、環季さんの一部に違いないのなら。

俺は、まだ、彼女の力になれることがあるのだろうか。

「どうした、イクマ。マナが滞っているぞ。思い悩みか？」

「うおっ！」

と、環季さんが俺の頬《ほお》に振れた。

距離が近いのはお国柄の違いというやつなのかもしれない。

「あ～……その、マナ？　って、どういうものなんですか？」

俺は驚愕《きょうがく》を抑えて、寄り添う方向に会話を向けてみることにした。

「イクマはマナを感知していないのか？」

「……すみません、無知でして」

「無知は恥ずべきものではない。知は得ればいい」

そう言って、環季さんが明るく微笑する。

喋《しゃべ》り方こそ違いはあるが、神川部長も言いそうな言葉だ。

「ふむ、そうだな……、マナとはこの大気や物質、あらゆるものに自然発生的に存在するモノ、我ら生命体の根源とでもいうものだな。マナは精霊との契約にも用いられるので、貯蔵量が多ければ多いほど勝手が良くなる」

「精霊……」

だが、続く話は異世界事情すぎてついていけない。

逸《そ》らした視線に気づいた環季さんが、豪快に声を上げて笑い出す。

「はっはっは。見たところ、マナと同様、この世界では精霊の数も少ないようだからな。あまり見ないのも仕方あるまい。だがイクマにもマナは確かにある。その巡りをコントロールすることができれば、精霊と契約を交わして相応の魔法が発動できるのだ」

今度は魔法ときた。

為替《かわせ》レートを追っている方が、頭が痛くならない気がする。

だが、ふと気になって、俺は顔を上げた。

「さっきの、その、飛んだやつも……？」

「ああ、大気の精霊と契約を交わした。が、やはりヴァルライド王国とは数に差があるな。交わしてみてわかったが、飛距離はあまり望めぬようだ」

「へぇ……」

「大きな魔法を使うには、マナを溜《た》める必要がある。ここでは時間がかかるだろう」

自分の両手を閉じたり開いたりしながら、環季さんがむぅっと口を尖《とが》らせる。

慣れない体の感触を確かめるような動きだ。

「……ふむ。何か試してみるか」

「へ？」

ぼそりとそう言い、環季さんが辺りに素早く視線を巡らす。

鋭い目つきに気取られた次の瞬間、彼女がさっと手を翳《かざ》した。

「――ちょっ」

その手の周りの空気がぐにゃりと歪《ゆが》んで見えて、俺は慌てて手を伸ばした。

「環季さん、ダメですって！　待っ――うわっ！」

「うおっ⁉」

環季さんを止めようとした矢先、バスがカーブに差しかかった。

バランスを崩した俺は、思わず彼女を窓際に追い詰めたような格好になる。

顔が近い。唇も近い。

今日一番の大接近だ。

「すっ！　すすすみません！」

慌てて両手を上げて飛び跳ねる。

と、勢い余った俺の手が、バスの座席横についた降車ブザーを押してしまった。

「やば！」

「なんだ⁉　カイザックの鳴き声か⁉」

鋭い目つきで環季さんが周囲を見回す。

あ、その表情はちょっと会社で見たことあるぞ。

新人の頃、コピー機の操作を誤って、大量にミス刷りを犯した俺に見せたやつ。

そんなことを思い出していたら、バスが停《と》まった。

「あ――」

運転手の白い目が、バックミラー越しに向けられている。

しまったと思っても後の祭りだ。

『……久野木《くのぎ》五丁目、久野木五丁目～。お降りの際は、足元にお気をつけください』

心なしか、マイク越しの声が冷たく感じるのは気のせいではないだろう。

他の乗客達の目も、早く降りろと言わんばかりに、じろりと俺達に向けられている。

「あ～……すみま、せん……」

いい大人がバスではしゃいで、騒いでいると思われていたに違いない。

迷惑防止条例違反で通報される前に立ち去るのが得策だ。

目的地は久野木一丁目。

ここからなら歩いていける距離だから問題はない。

「お、降りましょう、環季さん」

「どうしたのだ？　マナが切れたのか？　ならば私の――」

「いいです！　いいんです、それは貴女《あなた》のマナなので！」

「いや、しかし、困っている者がいるのなら」

「むしろ俺がとても困っているので！」

マナがどうとか、この会話自体がたぶんアウトだ。

渋る環季さんの手を取って、俺は強引にバスから降りたのだった。

8．二人の関係

「しかし、マナ切れで停車とは、いざという時の敵襲に不安ではないのか？」

「……敵襲はないから大丈夫なんです」

説明するのが難しい。

バスから降ろされた理由を適当に誤魔化《ごまか》して歩きながら、俺達《たち》は商店街へと入っていた。アーケードが続く道を真《ま》っ直《す》ぐ進んで、公園を抜ければ、環季《たまき》さんのマンションが見えてくるはずだ。

「敵襲がない？　この世界には魔獣軍のようなものはないのか？　それは安心して暮らせるな」

重火器を含む武器の使用、それに伴う紛争は、そこかしこで起こってはいる。

魔獣軍のようなものと言われれば、たぶん該当はするだろう。

けど今は世界情勢の説明よりも、バスや公共の乗り物で騒がない、といった基本常識を学ぶべきだ。

「だが、王国軍とはいかずとも、自治組織はあるのだろう？」

「自治組織？　っていうと――……」

警察とか自衛隊みたいな組織はある。

外国には、軍隊もあるし、イギリスでは近衛兵《このえへい》も現役だったはずだ。

「まあ、ありますね」

曖昧に頷《うなず》く俺に、環季さんは顎に手を当てて「ふむ」と唸《うな》った。

「ならば、小さな魔獣の被害には彼らが対処しているのか？」

「いや、この世界には魔獣なんていないですし」

「いるではないか」

「はい？」

言うなり、環季さんは素早い動きで向かいから歩いてきた制服姿の少年の肩に手をやった。あまりに一瞬すぎて、された少年も訝《いぶか》し気《げ》な顔で環季さんをちらりと見たが、そのまま通り過ぎてしまう。

「ふむ。これは弱った人間の心を惑わすワームだな。まだ幼生か」

「うわっ！　なんですかそれ！　虫⁉　キモッ！」

環季さんが開いた手の中に、青紫がまだらになった小さな虫が蠢《うごめ》いていた。

先端が黄色くなった丸い触角が、体のあちこちから出たり入ったり動いていて気持ち悪い。

見たことのないグロテスクさに思わず体ごと引いた俺に、環季さんは驚いたような顔を向ける。

「イクマ。ワームが見えるのか」

「はい？」

右手に乗せた気持ちの悪い虫——ワームに、環季さんが左手を翳《かざ》す。

見る間にワームが空気の中にかき消えた。

「うわっ。消えた！」

「これも見えるのか。ふむ……、失礼する」

と、驚く俺のシャツのボタンを、環季さんがおもむろに数個外し始める。

「は、はい⁉」

ひたりと冷たい指先が素肌に押し当てられて、口から変な声が出る。

買い物中の奥さま方が、眉をひそめて往来の俺達を見つめてくる。

「ちょっ、あの、ぶ、ぶちょ……っ、た、環季さん⁉　何を——」

「シッ！　もう少し……」

体全体ですりよる猫のように、ぴたりと俺に体を寄せる。

「もう少しって、一体何が――」

商店街の往来で。

真っ昼間。

今までいた数少ない彼女とも、こんなプレイは経験がない。

環季さん自身にそんな経験はあってほしくないと、なんとなく思ってしまっているが、騎士だったというマティアスは、意外にやり手だったのだろうか。

(中世の騎士とか、なんか異性関係派手そうだもんな！)

けれどもここはジャパニーズ。

奥ゆかしさとワビサビが重用される日本です。

環季さんの人生をきちんと生きるというのなら、そういうところもきちんと馴染《なじ》んでいただけますかっ。

「……ふむふむ……なるほど……？」

「いや、ちょっ、何が……っ？」

目を閉じ、頬《ほお》を寄せる環季さんのつむじが見える。

(これはちょっとダメな距離だろっ)

いい匂いがする――気がする――いや、嗅いでない。断じて嗅いではいないと断言しておく。だけど、接触のせいで頭がそう誤認するのは、男の性《さが》だ。仕方ない。

「あ、あの、何して、ちょっ、マジで、あの――」

理性を総動員して抱きしめそうになる手を彼女の肩に伸ばした、ちょうどその時。

環季さんは、パッと嬉《うれ》しそうな顔で俺を見上げた。

「マナが眠っているぞ、イクマ！」

「は――……はい？」

9．突撃！　上司のご自宅訪問！

マナが眠っているという謎の言葉をくれた環季《たまき》さんは、そのあと終始ご機嫌だった。

時折、道行く人達《たち》に猫のように近づくと、さっと手を伸ばし、例のワームを捕まえては消すくらいで問題は起こさず。

「これは見えるか？　こっちはどうだ？」

「見えますっ！　見えてますって、うわ、なんだそれ、目だけデカいな⁉」

「はっはっは！　それはロパキュスト。成長は遅いが、ゆっくりと根を張り、やがて感情のコントロール権を奪われるから気をつけろ」

「どうやって⁉」

その代わりに、捕まえた虫をやたらめったら見せてきたが。

どうにか商店街を抜け、公園通りを通り過ぎ、地図アプリを使って彼女の自宅マンションにたどり着けた。

書類に書いた部屋番号「1002」のドアを開ける。

「あー……えぇと、俺はとりあえずこの辺りから……」

いくら中身が違うとはいえ、女性上司の部屋に入るのをためらってしまう。

が、部屋の主である環季さんは、颯爽《さっそう》と部屋の中へと足を進めた。

——土足で。

「ほぉ。ここが私の住まいになるのか」

「あっ！　ちょっ、靴！　靴脱いでください！」

「靴？」

そこからか！　なるほど、そこからわからないのか！

俺は慌てて靴を脱いで部屋に上がると、環季さんを連れ戻した。

靴を脱いで上がること、玄関を入ったら手を洗うこと。

子供もいないのに、子育てしている気分になる。

「とりあえず、ここに座ってください、コーヒー淹《い》れますから！」

「うむ。すまないな」

（ホントだよ！）

なし崩し的に入ってしまったのは、この際仕方がないと思う。

彼女をリビングに誘導して、俺は初めてのキッチンでコーヒーを淹れる。

部屋の間取りは２ＬＤＫ。

さすがに寝室には入らないが、ドアが開けられていたもう一つの部屋は仕事部屋にしているらしかった。

リビングはローテーブルとサイドチェスト、それからソファが一つだけ。

神川《かみかわ》部長らしさがうかがえる、シンプルにディスプレイされた部屋だ。

「どうぞ」

「ありがとう。……おおっ、この苦みに隠れた酸味は初めての味だぞ！」

俺の淹れたコーヒーはどうやら口に合ったらしい。

というか、そもそも環季さんの部屋にあった環季さんのコーヒーなので、同じ魂を持つのならおそらく趣味嗜好《しこう》も大きく外れはしないんだろうな。

マグカップを両手で持ち上げて、美味《おい》しそうに飲む環季さんの前に、居住まいを正して俺も座る。

「とりあえず現状の確認と、貴女《あなた》の――神川環季部長の現状で、俺が知っていることをお伝えしたいんですけど、いいですか」

「うむ。頼む」

そう言うと、環季さんはマグカップをテーブルに置いた。

それから真《ま》っ直《す》ぐに俺の目を見る。

仕事の報告を聞く時は、たとえ何をしていても一旦手を止め顔を上げる、神川部長と同じ仕草だ。今この瞬間を見ただけならば、人に信頼感を与える神川部長そのものに見えることだろう。

だけど、環季さんは環季さんではなくなった。

「………」

俺は小さく咳払《せきばら》いをして、気持ちを整える。

まずは、俺達《たち》の関係性を話しておこう。

少なくとも、社会復帰の最初はうちの会社になるわけだから、そこは必須項目だ。

「貴女と俺の関係は上司と部下で、貴女は会社で部長という役職にあります」

「カイシャ、で、ブチョー。ふむ。それで？」

いや、これ、絶対わかってないよな？　次に進めちゃダメなやつだ。

環季さんの発音に不安になって、俺はメモ用紙を取りだした。

三角のピラミッドを描いて、社長や専務、常務など、簡単なヒエラルキーを説明する。

「なるほど。爵位のようなものか。理解した。私は部長という地位にいる女性で、君とは目的を一にした部門で働く同志ということだな」

ヴァルライド王国の階級制度を俺は全くわからないけれど、いくつかを置き換えて考えたらしい環季さんは、理解が早い。さすが環季女史という感じだ。

真面目な顔でピラミッドを見つめる環季さんが、俺を見る。

「で？　イクマはどの階級に属しているのだ？」

そうくるだろうと思っていた。

狙い通りの質問に、俺はピッと一番下を指し示した。

「俺はここ。ノータイトルです。平社員」

「ヒラシャイン……氷や熱系の魔呪のような階級だな」

ああ、これ絶対わかってないな。

平社員が突然意味のある役職みたいな理解をしている。

「簡単にいうと、一番下っ端っていうことです」

最も簡単な言葉に置き換えてやると、環季さんはなるほどと頷《うなず》いて、

「では、イクマとタマキは階級を超えた仲間ということなのだな」

「はっ？　いや、それはちょっと――」

かっこよすぎる。なんだその、魔王を討伐する勇者御一行様みたいな括《くく》り方は。

俺の否定に、けれども環季さんは心外そうに眉を寄せた。

「仲間ではない？　タマキはイクマを強く記憶に刻んでいるのにか？　だからこそ、私は目覚めて一番最初にイクマの名を呼んだのだ。君はタマキの危機に側《そば》にいたのだろう？　仲間でないのなら、タマキが君を記憶に刻んでいるのは一体何故《なぜ》だ？」

「環季さんが、俺のことを記憶に刻んで……？」

いや、それ本当に俺か？　勘違いじゃなく？

クエスチョンマークが俺の頭に吹き荒れる。

誰よりも大ポカをやらかしたヤバイ部下として刻まれているというなら、理由はわかる。だが彼女の様子を見るに、どうやらマイナスイメージを持たれているわけではなさそうで、その理由がわからない。

俺よりもっと優秀なのは、同期で一番早く主任に上がった大和田《おおわだ》とか、直近でプロジェクトリーダーを任されている姫川《ひめかわ》とか、他にもたくさんいるはずで。

「――なるほど」

思索するように瞼《まぶた》を下ろしていた環季さんが、訳知り顔で俺を見た。

「タマキと君は恋仲か！」

「違います！」

食い気味に否定して、俺はハァッと息を吐いた。

本人に関する誤解を本人に指摘され、本人のために誤解を解く――って、なんてシュールな絵面なんだ。

「……俺達は上司と部下で、それ以上でも以下でもなかった。本当に、あの事故の日は、偶然あそこで会ったんです。俺はうだつが上がらないただの平社員で、……仕事で大失敗をやらかして、貴女は――環季さんがそれをカバーしてくれた」

ポツポツと、あの日の状況を語る俺を、環季さんは黙って聞いている。

環季さんがいかに優秀な人だったのか。

迷惑をかけた俺が、どんな出来の悪い部下だったのか。

「……何も返せないままだった」


学生の頃、就職活動も終盤でなかなか就職が決まらなかった時。

ようやくこぎつけたこの会社の最終面接にいた一人が環季さんだった。

失礼しますと部屋に入って、顔を上げ。

随分綺麗《きれい》な人がいると正直思った。

最終面接の役員とは思えないくらい若かったから、秘書かとも思った。

でも同時に少し近寄りがたい怖さも感じた。

そうして始まった最終面接。

役職者達からの質問は、ちょっと古い体質が垣間見《かいまみ》える圧迫面接寄りのものが多くて、少し心が折れかけた時。

環季さんが言ったのだ。

「貴方《あなた》——斎藤《さいとう》君？　前途洋々の『前途』の意味、わかりますか？」

「……は、はい！　将来とか、道のり、という意味です！」

「あら、すごい。私、貴方くらいの頃、前頭葉のことだと勘違いしていたわ」

「はい……？」

「か、神川君？　いきなり何を……」

居並ぶ面接官達も、環季さんの突然の発言にどうしていいのかわからないようだった。互いにざわざわと顔を見合わせ首を振る。

「前頭葉ヨウッ、って何の挨拶なのかしらって思っていたのよ」

ビシッと右手を上げて言った環季さんは、どこまでも真顔で。

渾身《こんしん》のギャグなのかボケなのかわからない微妙な空気が、面接会場を覆う。

「あー……神川君、質問は以上かな」

「そうですね。ただ」

汗を拭きながら話しかけた恰幅《かっぷく》の良い面接官を見もせずに、環季さんが言葉を続ける。

「道のり途中の将来ある若者に、あまり実のない質問ばかりしていては、我が社にとって優秀な人材を逃しかねませんよ」

その言葉は、はっきりと役員達に向けられていた。

けれども視線は真っ直ぐに俺を射抜いていて。

一瞬――ほんの一瞬だったけれど、彼女がふっと微笑したように俺は感じた。

「――――」

大丈夫、落ち着いて、と言われた気がした。

それが功を奏したのか。

どうにかこうにか今の会社に入ることができ、環季さんと同じ部署に配属になった時には、一人で勝手に舞い上がったりなんかもして。

だけども仕事ぶりは平凡な俺に、神川部長との接点はほとんどないままで。

「俺は、環季さんにいつも助けられてばかりで、なのに、事故の時だって俺は――」

ぐっと拳を握り締める。

言葉にできずに俯《うつむ》くと、視界に艶やかな黒髪が流れた。

同時に一回り以上小さな環季さんの手が、俺の拳を包み込む。

「タマキの魂は、イクマを大切に想《おも》っていた。私にはわかるのだ」

「え……？」

「タマキの記憶の中で、イクマを彩るものに陰りはない。タマキは、君に貸しを作ったなどと思ってはいなかった」

「環季、さん……」

「委細は私にはわからぬが、小さなことを気にしていては男が廃るぞ！」

そう言って、環季さんがパッと手を離した。

それから、パァンッ、と小気味いい音を出して叩《たた》かれたのは、いわゆる男の局部。

「はぐぁっ！」

「おお、すまん、強く叩きすぎたか」

カラカラと笑う環季さんに、俺は羞恥と情けなさで股間を押さえる。

（いっ、つぁ、……っていうか！　さ、触られた――いや、叩かれた！　環季さんに、――いや、マティアスに――いや、でも体は環季さん――……って、い、いたっ、んぐっ、ぐっ、あぁぁぁ

っ）

廃れなそうな男を押さえて、俺は涙目でカーペットの上に蹲《うずくま》ったのだった。

10．日常レッスン

局部の鈍痛と顔の赤みが引いてから。

俺は気持ちを切り替えて、環季《たまき》さんと対峙《たいじ》した。

ローテーブルを挟んで対面に座り、部屋にあった雑誌を見せる。

「……読み書きは、できますか」

「問題ない。記憶にはある」

パラパラと紙面を捲《めく》りながら、声を出して読む彼女は、確かに問題はなさそうだ。

手帳のメモ用紙を差し出すと、彼女はペンを手に持った。

その手に心許《こころもと》ないところもない。俺は少しホッとした。

ヴァルライド王国では魔法騎士の教育水準は、ある程度はあるようだ。

「タマキの名を書いてみたぞ」

「お、おおぅ……」

が、見せられた文字に、思わず声が漏れてしまった。

「豪快な、感じになるんですね……」

「騎士たるもの、情熱を感じる大きな文字を書けと、在りし日の父上に教わった」

ドンと胸を叩《たた》く環季さんが書いた文字は、強く、太く、武骨という言葉がぴったり当てはまる字面だった。

トメハネができているなんてものじゃない。

それから圧倒的に筆圧が強い。

意志の強さが文字に表れているのだとしたら、マティアス・フォン・ラインニガー、ちょっと怖い。

「イクマ、これでは問題があるのか？」

企画書に張られる指示付箋で見た環季さんの字は、定規をあてて書いたかのように丁寧に揃《そろ》えられていたから、問題がないとは言えないけれど。

読み書きという一点だけで言うならば、問題というほどでもない。

「ま、まあ、これはクリアということで……」

「うむ！」

だからといって、そんな得意満面の子供のような笑顔を向けられても困る。

なんだか環季さん――というか、彼女の体の持ち主になったマティアスは、この状況を楽しんでいるようにすら思えてきた。

さすが異世界の騎士。

きっと男の中の男という感じだったんだろうなと思う。

状況を判断し、馴染《なじ》む強さは環季さんにもあったものだ。

等しい魂を持っているということを、こういうところで気づかされる。

「じゃあ、他に、この部屋でわかるものは？　問題あるものはありそうですか？」

そう聞くと、環季さんは部屋の中を見回した。

ゆっくりと立ち上がると、テーブルやペンや、サイドチェスト。様々なものに確かめるように触れていく。

「……ふむ。そうだな」

環季さんとして生きてきた記憶もあるなら、そんなに問題もないような気がする。

会社でのことは追々考えるとして、しばらくは体を休めて、この世界の常識に慣れてくれればいいのでは。

「マグカップ、皿、食器の類《たぐい》は問題ない。てれび……？　ぱそこ、ん、というものの名称も知識としてはある。だがまあ、全て記憶としては理解しているが、私自身が使ったという経験に基づくものがない、という感覚ではあるかな」

環季さんはひとしきり、部屋の中を見回して、それからソファに近づいた。

置かれた白いクッションを触りながら腰を下ろす。

「例えば、この長椅子の座り心地のよさは初めての経験だ」

確かめるように尻の位置を調整しながらそう言う彼女は笑っている。

だが、何故《なぜ》だろう。

どことはなしに、環季さんの瞳が揺れたように感じてしまった。

「——あの、大丈夫ですか？」

だから思わず、そんな言葉が口をつく。

「ん？　ああ」

ハハハ、と快活に声を上げた環季さんの笑顔が次第に小さくなる。

「……そうだな、まあ、強いて言うならば」

クッションの抱き心地を確かめるように胸の前で抱きしめて、環季さんは顔を埋《うず》めた。

「……さすがに、少し、不安では、ある」

押しつけられたクッションから、くぐもった声が聞こえてきた。

その声音は、環季さんからもマティアスからも、おそらく出たことのない音だったのではないだろうか。そう思うくらいにか細く、今にも消えそうな声だった。

言った本人も、その声に驚いたようで、クッションを持つ指先に力がこめられていく。

(——そりゃそうだ。そりゃあそうだよ、不安なわけないじゃないか)

俺は見逃すところだった。

「環季さん」

「…………」

名を呼べば、おずおずとクッションから顔を上げた環季さんの目元が赤い。

「……なあ、イクマ。タマキはもしかしてよく泣く女性だったのか？　私の鼻の奥が痛くなってきたのだが……」

今にも泣きだしそうな表情で彼女が言う。

魔法騎士マティアスとしては不本意なのだろうが、気持ちを口に出したせいで、魂が感じる不安を取り繕えなくなってしまったようだ。

「俺がいます。俺が、環季さんの不安が和らぐまで、ちゃんと側《そば》にいますから」

「……イクマ」

俺はソファの前に跪《ひざまず》くと、さっき彼女がしてくれたように、環季さんの手に手を重ねる。

「環季さんはいつも俺を助けてくれていたんです。だから、今度は俺が」

「ふっ。カイシャでは私が上官らしいが、ここでは君が私の先生というわけだな。とても心強い味方ができた」

ふっと、環季さんの瞳が微笑《ほほえ》む。

「ありがとう、イクマ」

そうしてクッションを脇に置いた環季さんは、俺の背中に腕を回して――

「!!?」

ぎゅう、と強く抱きしめられる。

(当たってる！)

密着面積が広がるとわかってしまう柔らかさに、俺の心臓が早鐘を打つ。

スタイルいいなと思ってはいたが、軽口に乗せられるような上司でもないから、妄想ですら考えたことのない膨らみが、今、確かに俺に押しつけられている。

「ちょっ、あの、待っ――」

慌てて押しのけようとして、俺はハッと気づいてしまった。

ちょっと待て。柔らかすぎる。

柔らかすぎる――……？　とは、つまり……？

「環季さん⁉　あの――……しっ、下着は⁉」

俺はベリッと環季さんを引きはがした。

ユニセックスの黒シャツはサイズが大きいから気づかなかったが、まさかこの人、病院からずっとこのままだったとか？　いや、そんな、まさか――せめて俺がコーヒーを淹《い》れている間に外したとか、そうであってくれと願ってしまう。

「ブラ――、なんとかというやつか？　女性専用のものはさすがに着用の仕方がわからなかったのでな。そうであった。それもあとでイクマに聞こうと思っていたのだ」

けれども願いは届かなかった。

今気づいたと言わんばかりに立ち上がると、環季さんは床に置いたままのカバンを持って戻ってくる。

「これのことだろう？」

中からずるりと引っ張り出して、俺の眼前に突き出されたのは、ヒラヒラ揺れる黒いレース。肩ひもに銀色のラメが少し混じった目にも眩《まぶ》しい大きなブラジャーそのもので。

「なっ、な、な……」

「違うのか？　しかし、他には何も――」

推定Eカップ以上と思われるもの――ではなくて！

「出さないー！」

おもむろにシャツの前を持ち上げてみせようとする環季さんの手を引っ張る。

びっくりした。びっくりした。

今、何しようとしたこの人。

「なんだイクマ。男同士ではないか」

「貴女《あなた》は！　今！　女性でしょーが！」

「はっはっは、まさか私に欲情しているわけでもあるまいに」

「よっ、欲……っ」

してないなんて、言えるわけもなく。

口をパクパクさせて固まってしまった俺に、環季さんはきょとりと目を瞬いた。

それから、ローテーブルの上に置かれていた卓上ミラーに映る自分の顔を見てニヤリと笑う。

あ、環季さんのそんな顔も初めて見た――ではなくて。

今のそれ、完全に悪だくみをする小学生男子の顔だ。

「……た、環季さん……？」

「ふむ、イクマ。もしや君はまだ女性を知らないのかな？　それで、この私の体に緊張してしまっていると？　それともやはり恋仲だったか？」

「ち、ちが……！」

完全に腰が引けてしまっている俺に、環季さんは四《よ》つん這《ば》いの姿勢で、ずりずりと近づいてくる。

蛇に睨《にら》まれた蛙《かえる》。

女豹《めひょう》に追い詰められたガゼル。

弱肉強食はどの世界でも真理ですね、郷里の母よ。

「この世界の日常については君が先生だが、こちらの方面は私が先生になってやろうか？」

「いやいやいやいやっ！　遠慮させていただきます！」

俺は両手で顔を覆い、大きな声で絶叫した。

この部屋の防音がしっかりしていることを切に願った俺と環季さんの、日常レッスンはこうしてスタートしたのだった。

11．職場復帰は波乱の予感

それからの俺の日常は。

仕事帰りに環季《たまき》さんの家に寄り、終電まで「勉強会」と称して、本当に些細《ささい》な日常のあれやこれやを教えてから帰宅する、の繰り返しへと様変わりした。

（初日に下着の付け方をマスターしてくれて本当に良かった……！）

ぐったりとした気分で、自分のベッドに倒れ込む。

いかんせん、環季さんことマティアスは、パーソナルスペースが驚くほど狭い。

なのでことあるごとにくっついてくる。

異世界ではそれが普通だったのかもしれないが、ここは日本だ。

同期の大和田《おおわだ》とだって、そんなにくっついて話はしない。

(そんなスペースであんな豊満なものをくっつけられたら気持ちいい――じゃねぇ！　おかしくなる！　いろんなところが！)

布団を胸元まで引き上げて、ジタバタする日が続く毎日だ。

だが幸いだったこともある。

環季さんの記憶が魂に刻まれているというだけあって、秘境の民族に文明を教えるよりは遥《はる》かに彼女の習得は早かったのだ。

いや、秘境の民族に文明を教えたことなんてないから推測だけど。

(言葉の壁がそこまでないのも、まあ、有難いことだよな。でもそれよりも)

俺は眉間を指で揉《も》み解《ほぐ》す。

大きな問題があったのだ。

(常識――ワビサビ、いや、恥じらいか？　もうそれは文化の違いっつーか、ジェネレーションギャップっつーか、ワールドギャップっつーか……)

そこに悩まされる率の多いこと多いこと。

街中での声がデカいとか、欧米人並にスキンシップがすぎるとか、オーバーリアクションだとか。職場復帰の日が近づくにつれ、俺の頭の中はその問題が大きくのしかかっていた。


そんなこんなで、夜の勉強会が一週間を過ぎた頃。

環季さんたってのリクエストで、職場復帰と相成ってしまった本日だ。

「いいですか。まず、第一声は『おはよう』です」

「うむ。わかっておる」

言語を習得するには現地に行くのが一番というではないか、というのが環季さんの主張だが、言語と異世界はちょっと違わないかと言いたい俺の気持ちはわかってくれない。

(語尾も全然直らなかったしな!)

今日び、うむ、なんて言うのは時代劇の中くらいだろうよ。

そんなことを考えて胃が痛くなってきた俺の肩に、グイッと腕が回された。

「しかし挨拶が基本というのはどの世界でも同じなのだな、イクマ!」

「どぁっ! いちいち俺の——いや、誰とも! 肩を! 組まない! いいですか? あなた、上司、俺、部下。復唱してください!」

「はっはっはっは。照れ屋さんめ!」

「どこで覚えました、その言葉!」

「しんやあにめ、というてれびという箱の中で動く絵だ。あれはなかなか興味深いものだな」

ろくなもん見てないなこの人。

夜は寝る、を今夜から徹底させようと心に誓う。

そう思っていた矢先、環季さんはフロアに通じるドアを開けた。

待った、という言葉を俺が発するより早く、環季さんはビシッと右手を高く掲げ、

「おはよう！　良《よ》い朝だな、同志達《たち》よ！」

いきなり大声でそう言ってのけた。

一瞬シンとしたフロアに、ざわめきが広がる。

（そりゃそうなるだろうよ！　同志達って、それも深夜アニメの影響か⁉）

いや、この人そういえば騎士だったとか言ってたな。

（素か……マジか……環季さんのイメージが変わる……）

泣きたい。これ、取り返しがつくんだろうか。

そんなことを考えてしまった俺を知らずに、環季さんが「ふむ」と呟《つぶや》く。

「聞こえなかったようだな。では、改めて、同志達よ——」

「おわーっ！」

さっきより大きな声を出すべく息を吸い込んだ彼女を、俺は慌てて引き留めた。

注目を浴びているのはわかるけれど、この際、背に腹は代えられない。

環季さんの手を引いて、廊下の陰に引っ張り込む。

「普通に！　普通に、穏やかにお願いします……！」

「ふむ？　普通にしたつもりなのだが」

「ただ、おはよう、でいいんですって！」

「おはよう、同志達よ、か？」

「同志達なしでお願いします！」

ヒソヒソと小声で話し、仕切り直しでもう一度。

環季さんは、不遜とも思える足取りでざわめくフロアに再び入る。

それから営業部の社員達をぐるりと見回し、

「おはよう！」

往年の「オイーッス！」くらいの勢いで言う。

やっぱり泣きたい。

俺の教育が悪かったんでしょうか、郷里の母よ。

と、その時。

「か、神川《かみかわ》部長、お元気になられたんですね！」

やってきたのは姫川《ひめかわ》だった。

戸惑いの表情を浮かべつつも、ちょこちょこと小走りで環季さんの前に立つ。

勇者姫川よ、ありがとう。

遠巻きにしている社員達が、興味深げに見つめてくる気配を感じる。

これで環季さんが普通に話をしてくれれば、他のみんなも徐々に元に戻るに違いない。俺はそっと胸を撫《な》で下ろした。

「君は――」

「姫川です。姫川はる。俺の同期で――」

「おお、ハル！　君の愛らしさで、私のマナが今輝きを――」

「環季さんー！」

ガバッと姫川に抱き着こうとした環季さんを、俺はすんでのところで羽交い絞めにした。

小柄な姫川の大きな目が、零《こぼ》れんばかりに見開かれている。

「なんだイクマ。また私はおかしなことを言ったか？」

「言ったし、やりました！　オールコンプリート！」

「環季、さん……？　郁馬《いくま》……？　イッたし、ヤッた……？」

プルプルと震えながら、姫川が一歩後退《あとずさ》った。

ショックを受けた顔で俺と環季さんを交互に見つめて、何だか今にも泣きだしそうだ。

俺はハッとして、環季さんから手を離した。

「ち、違う、姫川！　誤解だ！　誤解だから――」

どうか話を聞いてくれ！

懇願する勢いで、俺はそう叫んだのだった。

12. 誤解は誤解を連れてくる

環季《たまき》さんことマティアスの波乱に満ちた出社初日。

「そっか。大変だったんですね、部長――環季さん、も、郁馬《いくま》君も」

営業部全体が、ひどいざわめきに包まれたあの後で。

どうにか「環季さんは事故の後遺症で記憶障害があるようだ」と説明をして、みんなはどうにか納得してくれたようだった。

これまでとあからさまに言動が違う環季さんを見れば、納得せざるを得ないだろう。

姫川《ひめかわ》の誤解も解けたようで、俺を見る白い目も元に戻った。

本当に良かった。

「イクマには毎晩世話になっているのだ」

「環季さん、言い方ぁ！」

「ふむ……？　今のは何が問題だったのだ？　イクマ、今晩また教えてくれ」

「ああああ……」

だというのに、すぐに誤解されるような発言をするから、俺は頭を抱えるしかない。

環季さん自らのお達《たっ》しで、部長という役職名ではなく「環季」と名前で呼ぶようにと周知された。

彼女を救ったことになっている俺が、記憶障害のある環季さんを彼女の指名でしばらく補佐する立場になったということも周知された。

だが、ついこの間までと雰囲気の変わりすぎた彼女を、他のみんなは腫れものを触るような扱いで、だいぶ遠巻きにされているのは、仕方のないことだろう。

「何か不安なことがありましたら、私達《たち》にも聞いてくださいね！」

そんな中、こう言ってくれる姫川は俺にとってのオアシスだ。

拳を握って一生懸命に言う姫川は、やっぱり実家のポメラニアン並みに可愛《かわい》い。

本当にいい奴《やつ》だなあ。

「いやー、そういうことだったんですね。俺てっきり、二人がとうとうどうにかなったんじゃないかと邪推しちゃいました！」

もう一人のいい奴代表大和田《おおわだ》が、明るい声で入ってくる。

気後れも物怖《ものお》じもしないパリピな性格に、今俺は救われている。

（まあ、盛大にどうにかなっちゃってるんだけどな、現在進行形で）

心の中で大和田の台詞《せりふ》にツッコミを入れる。

と、姫川がバシッと大和田の背中を強く叩《たた》いた。

「もうっ！　朝陽《あさひ》！　それセクハラだからね！」

「悪い悪い。まあでも、本当に俺達もいますんで、何か困ったことがあったらいつでも言ってください。俺達いつも神川《かみかわ》部長――環季さんにはお世話になってるんで」

「そう言ってもらえると心強い。よろしく頼むぞ、アサヒ。ハル」

何はともあれ、仲間がいるのは確かに心強いものだ。

環季さんが受け持っていた仕事の量は膨大だ。

彼女が事故に遭った後、他部署も一丸となってフォローに回ってはいたが、これからはそうもいかなくなる。

そういった日常業務のフォローは、大和田に任せれば万事オッケーだろう。

（はー……これでひとまず業務は俺から離れるからいいとして）

と、そんなことを思っていた時。

「おお、神川君！　すっかり元気そうで何よりだ！」

そう言って声をかけてきたのは専務だった。

「人事から話は聞いている。いやあ、大変だったなあ。業務のフォローは、幸いこの部署には大和田君もいるし――」

「ふむ。君は誰君だったかな？」

近づいてきた専務の肩を、環季さんがポンと叩く。

「せせせ専務です、専務！　ええと、会社の偉い人で……あ、上官！」

更に失礼なことを言いだす前に、俺は環季さんに耳打ちをした。

上官相手に無体なことはしないはず。

俺の読み通り。環季さんはふむ、と頷《うなず》くと、改めて専務に向き直った。

それから右手を胸に当て、左手を腰の後ろに当てる。

そのまま軽く膝を曲げ、恭しく頭《こうべ》を垂れた。

「ご心配痛み入る。日常から任務に至るまで、受傷より目覚めて後、ここにいるサイトウイクマにこの世界のことを学ばせてもらっているところ。問題を起こさぬよう誠心誠意努める所存にて、何《なに》卒《とぞ》、深慮で見守っていただきたい」

そう言って再び姿勢を正すと、艶やかに微笑《ほほえ》んでみせた。

その立ち居振る舞いに、またフロアがシンとなる。

まるでどこかの王族か貴婦人だ——って、そういえば王族の縁戚とか言ったなかったか？　なるほど、堂に入っている。

でもこの流れって、ちょっと待てよ——

「おお、すごいな！」

「うおっ」

雰囲気に圧倒されてしまっていた俺の背中を、大和田がパシンと叩いてくる。

「環季さんのご指名じゃん。やったな郁馬！」

あ、やっぱり。

今の言い方だと、そういうことになっちゃってるよな……？

大和田の発言で、環季さんの言葉の意味を解した全員が、別の意味でざわめき始めた。

「え？　マジで？」

「でもあいつって、こないだすげー大ポカやらかした奴だろ？」

「私生活も補佐してるってこと……？　えぇ～それってさぁ？」

先日大ポカをやらかしたばかりの俺が、会社一人気のスーパー女史、神川環季直々の指名で補佐につく。

こんなセンセーショナルな話題もそうはない。

（勘弁してくれ……）

決して気のせいなんかじゃなく、全員の視線が色々な意味を持って、俺に突き刺さってきたのだった。

13．正真正銘、目が回る

こうして始まってしまった環季《たまき》さんの職場復帰。

それは、俺の日常を大きく変化させることにもなった。

それもそのはず。

俺はそもそも、うだつが上がらない平社員でしかなかったのに、それが花形エースの仕事を引き継いでいるようなものだ。忙しさで文字通り目が回る。

もともと環季さんが抱えていた案件の内、他に回せるものは連携したり引き継いだり――と考えていたが、それすらも最初は一苦労で。

「ウチでは荷が重いんだよねぇ」

「そこをなんとか……！　課長の経費削減案で、前のプロジェクトも持ち直したと聞きました！　あのリストをこの件にも流用できるかと思うのですが――」

「そうは言われてもさぁ」

「お願いします。リスト内容を確認しましたが、共通項がうんたらかんたら」


「悪いけど、この案件は、今持ってるプロジェクトと時期が被《かぶ》っちゃうんですよね」

「こちらも三件被っていますので、これだけでもお願いします。あっ、そちらで進行中の企画案にあったものとここ！　一部被っていますよね！　そこを上手《うま》く抽出してもらえたら、期間の短縮にも繋《つな》がるんじゃないかと――」

「……た、短縮はしても数が増えることには変わりないので」

「八割方終わっている案件です。二割の助力を頂ければ、功績はそちらのチームで按分《あんぶん》していただいてもうんたらかんたら」


俺は、この引き継ぎだけで、一生分頭を使ったんじゃないだろうか。

口八丁手八丁で相手の落としどころに切り込んで、どうにか半分と少しは手が離れることに成功した。

残りはどうしても環季さんの個人受領が必要な案件だ。

（それでもほぼ半分――って、この人、普段どんだけの量をこなしてたんだ……）

改めて、神川《かみかわ》環季の優秀さを知った気分だ。

そうしてここに関しては、現状ほとんど俺が中心となって行う日々が続いている。

もともと俺が単独で受けていた仕事など、ほとんどないに等しいから、環季さんの仕事が俺の仕事となって一週間。

比喩ではなく目が回りそうな忙しさだ。

「イクマ、これは先週の会議で話していたテンプラ案件というやつか」

「テンプラ……、コンプラですね⁉　あれ、マジか、ちょっと失礼します。すみません、確認ミスです。これだとこっちの契約書も仕様が変更になるので――」

「斎藤《さいとう》君、環季さんの承認が必要な稟議書《りんぎしょ》ってどこに渡せばいい？」

「あっ、すみません、それはいったん俺がもらいます。施工費用の調整入ってたやつですよね。それ先に経理の桧山《ひやま》さんに数字見てもらった方がいいかもです！」

「斎藤――」

「はい、すみませんーっ！」

頭の中は常にめちゃくちゃフル回転。

（本当にすごい人だったんだな。そんな人を、俺は――……）

彼女への尊敬と、彼女がこうなったのは自分のせいだという罪悪感も手伝って、緊張を張り巡らせて業務に邁進《まいしん》する日々は、いつしか綻びを生じさせてしまうわけで。

「こんな初歩的なミスをされると困るんだがね」

「も、申し訳ありません……！」

「神川部長の補佐をするだなんて言うから、どれだけかと期待していたんだが」

不機嫌と嫌味《いやみ》を体中から発しているのは、企画部長の本田《ほんだ》さんだ。

営業部を目の敵にしている節のある彼の部下へ、些細《ささい》な行き違いから連絡ミスが発生してしまったのだ。

社内案件だったので、それほど重大な問題にはなりえないミス。

仲間内なら、謝罪と共に、缶コーヒーで終わる程度の話だろう。

だが、そこはそれ。

（やってしまった～！　しかもよりにもよって本田さん案件……！）

本田さんは、その昔、環季さんに言い寄って、盛大にフラれたという素敵な噂《うわさ》を持っている上役でもある。

今の環季さんの状況をこれ幸いとばかりに、わざわざ営業部のフロアまで、取り巻きを連れてまるで大名行列でのお怒りだった。

「自分が最終確認を怠ったばかりに、御足労をおかけしました……！」

「……君か。営業部最大のミスをしたくせに、尻ぬぐいをした神川君の尻を追っかけているというのは」

嫌味たっぷりに上から下まで値踏みされて、ネチネチと下品な言葉で中傷される。

追っかけてたのはあんたでしょう、なんて言ったら火に油どころか、火にガソリンだ。ミスをしたのは俺なので、黙って頭を下げるしかない。

「斎藤、だったかな。彼女の尻は綺麗《きれい》に拭けそうかな？　ん？」

「――――」

けれども矛先が環季さんにまで向かい、俺は思わず顔を上げそうになった。

その時。

俺の下げた頭上から、背伸びをした環季さんがひょいっと本田部長に手を伸ばした。

本田部長がヒラヒラとこれ見よがしに揺らしていた書面を取って、「ふむ」と呟《つぶや》く。

「どれ。ふむ。なるほど。これは私の最終チェックが必要な案件だな？　ここに私のサインが必要なもので、私がしている。これは私のサインだ。違うか？　イクマ」

「あ、ええと、そうです。けど、環季さんは今――」

「私が復帰したばかりで、というのは言い訳でしかない。これは私のサインだ。サインをした覚えもある。ならば責任の所在は私にあるな。申し訳ない。全て私の不徳の致すところだ。今後はこのようなことがないよう、誠心誠意気をつける。申し訳なかった」

俺の横で、環季さんが俺より深く頭を下げる。

またただ。また俺の失敗を彼女に助けられている。

感謝より先に、情けなさで顔を上げられない。

本田部長は、気圧《けお》されたように一歩後退《あとずさ》り、それから、フン、と鼻を鳴らした。

「そ、そうだとも！　神川君、君にも失望したなぁ！　だが！　これは謝って済む問題かな？　こういう些細な綻びを放っていては我が社にとって――」

「ふむ。では貴君は何を望んでいる？　明示していただけないか。言葉による謝罪か。体による謝罪か」

「――か、体⁉」

本田部長の声が裏返った。

たぶん禿《は》げ上《あ》がったその頭のてっぺんまで赤く染まっていることだろう。

見なくてもわかる。

でも、俺にも確認しないでもわかることがある。

(……これ絶対、マティアス的には『拳で殴って済ませてもいいぞ』ってことだよな)

騎士道とは、これ如何《いか》に。

肉体を鍛えし者の考えは、現代日本の俺にはわからないけれど、凛《りん》とした顔を向けているんだろうなということはわかる。

「な、ななな、か、か、体って神川……！」

「体を所望か？」

チラリと盗み見れば、本田部長は顔を真っ赤にしてワナワナと震えていた。

環季さんの言動を本田部長の側《そば》に立って現代語訳するならば、たぶんこんな感じになる。

ごめんなさい。え？　謝っても許してくれないっていうのね……じゃあ、どうすればいいの？　言ってくれないの？　貴方《あなた》は私をどうしたいの？　はっ、ま、まさか！　体で払えって言うのかしら⁉


……これを公衆の面前で突き付けられた、過去にフラれた経験のある男。

心情は察するに余りある。

しかもこんな美人に真正面から見据えられて、蠱惑的《こわくてき》な唇から「体で謝罪」なんてワードが出てきたら、普通なら勝手に脳が妄想する。

だけど決して「はい」とは言えないこの苦行。

「も、もういい！　失礼する！　二度はないからな！」

本田部長は意を決したように茹蛸《ゆでだこ》のような顔を上げると、憎々し気に吐き捨てた。

環季さんが、ニコリと笑って会釈する。

それからゆっくりと顔を上げ、去っていく本田部長の背中に続ける。

「感謝する。ああ、それと」

「なんだ！」

「私の尻がいつも美しくいられるのは、イクマのおかげで間違いないと思うのだ」

「――――!!!」

（環季さん――――！　それ絶対自宅のウォシュレットの使い方を教えてもらったからって話で言ってますよね⁉　誤解しか生まない‼）

すごい台詞《せりふ》を聞かされた本田部長は、おそらく文字通りに受け取った。

眼力《めぢから》だけで殺せるような視線を一瞬俺に向けると、血管が切れて倒れてしまうのではないかと思われる色になったまま、部下に支えられて企画部へと戻っていった。

そんな部長を見送ってしばらく。

机に戻った環季さんが、不意に俺に手招きをした。

難しそうに眉を寄せ、唇に手を当てた環季さんが上目遣いで俺を見る。

「……もしや、尻を拭く、というのは何かの隠語だったか？」

ドッと力が抜けそうになった。

大丈夫です。そんな隠語はありません。

隠語ではなく、比喩表現です。

「大丈夫。何の問題もありません」

俺は困ったような笑みを浮かべて言ってから、環季さんに頭を下げた。

「イクマ？」

「すみません。また俺のミスで貴女《あなた》に迷惑をかけてしまいました」

「うん？　いや、あれは言うなれば私のミスだろう？」

「いいえ。確認を怠った俺のミスです。本当にすみませんでした」

最初にやらかした歴代に残る大ポカもそうだ。

俺は本当に成長しない。

どこまで環季さんに迷惑をかけるつもりなんだろう。

「ふむ。イクマ。私は前から少々思っていたのだがな……」

顔を上げられないでいる俺に、環季さんが静かな声で言った。
ギ、と金属の軋《きし》む音がする。続いて足音。環季さんが俺のすぐ側に来た。
「君は『スミマセン』が口癖なのか？」

「え――」

すとん、とその場にしゃがみ込んだ環季さんとばっちりと目が合い、俺はぽかんと口を開けてしまった。

（そう、……かもしれない。言われてみれば、社会人になってから、すみませんを言わなかった日なんてあったか……？）

息をするように言いすぎて、環季さんに聞かれるまで気にしたこともなかった。

「ええと、その……そうかもしれません、すみませ――あ」

「はっはっは！」

またぞろ口をついて出てしまった「すみません」に、環季さんが俺の顔を覗《のぞ》き込んだままで破顔した。今更口を押さえても後の祭りだ。

「では今日から私の前で『スミマセン』は禁止だ。これは上官――上司命令だ。いいな、イクマ！」

ニカッと白い歯を見せて笑う環季さんが立ち上がり、俺の頭を上げさせる。

ついまたすみませんと言いそうになって、俺は小さな声で「はい」と言った。

「いい子だ。無闇な謝罪は相手をつけ上がらせるだけではなく、自分の尊厳を貶《おとし》めてしまうからな。君は優秀な人材だろう？」

「いや、俺なんて――」

なんだか小さな子供にでもなった気分だ。

と思っていたら、笑顔の環季さんが、「優秀だ」と言って俺の背中に手を当てた。

「私は、君がいないと生きていけないのだから」

「――」

何言ったこの人。

そう思ったのは俺だけではなかったようだ。

ざわっとフロアが揺れる。

「風呂の入り方も、下着の着け方も、全部君に教わって今がある」

「ちょ、た、環季さん、ちが、あの、待ってください」

「私の全ては君のおかげだ。違わない」

そのままきゅっと抱きしめられる。

ざわっ、から、どよっ、に変わった周囲を、俺はもう見ることもできない。

環季さん――マティアスの言葉はストレートにそのままだ。

何も間違ったことは言っていない、と俺にはわかる。わかるんだけども。

(――俺にしか！　伝わらない！)

柔らかくあたたかい体に抱きしめられて、どうしたらいいんだと内心で盛大に慌てる俺を知る由もない環季さんが、ポンポンと俺の背中をリズムよく叩《たた》いた。

「あの、環季さん、そろそろ放して――」

「今の私が上官として君を守れるのは、このカイシャでだけではないか。それは当然のことなのだ。迷惑など一つもない。君が気に病むものは一つもないぞ」

真《ま》っ直《す》ぐな言葉が俺の心に突き刺さる。

不覚にも、ちょっと泣きそうになってしまった。

「私は君に、いつも助けられているのだから」

続けて言われたその言葉に、ハッとする。

そうだ。環季さん――いいや、マティアスは、この世界に当然不安があるはずなのだ。それなのに、こうして俺を守ってくれて、気遣ってさえくれている。

(この人は、なんて強くて、器の大きな人なんだろう)

マティアスは、この世界で彼にできる精一杯を、常に前向きに進んでいるのだ。

(俺も、俺にできる精一杯で応えないと)

あの日、助けられなかった環季さん。

そして今ここで生きているマティアスのために。

（できることを、ちゃんとしないと）

俺には自分に何ができるだろうと、この日初めて、俺はきちんと考えた。

14. おおむね評価は後出しで来る

俺がきちんと自分の仕事と前向きに向き合うようになってから。

あっという間に一カ月が経《た》とうとしていた。

やる気を出しても出さなくても、仕事の量は変わらない。

ただ以前より、こなす、というより、解決する、という方向に意識が少し変化していた。

そうなれば、仕事に対する面白さというものも、少しわかってきた気がする。

（って、本当に少しだけど。いや、ていうか、忙しいのがむしろ増えたんじゃないのかこれ……）

終わらないファイルの山と格闘し、クライアントのもとへ行って、各部署連携、部下への伝達確認エトセトラエトセトラ。

「よっ！　やってるな！」

「大和田《おおわだ》」

「ほれ、差し入れ」

電話対応に追われて昼食を取り損ねた俺の机に、大和田がコンビニの袋を置いた。

中身はサンドイッチと栄養ドリンクだ。

ありがたい。持つべきものは同期様様。

「どうよ、調子は」

恭しく拝んでから袋を漁《あさ》る俺に、大和田が聞く。

俺はサンドイッチに齧《かぶ》りつきながら、肩を回した。

バキバキといい感じに解《ほぐ》れていく音がする。

「まあまあかなとは思ってるけど。——はっ！　も、もしかして、お前のチームで俺に不満出たりとか⁉」

「してねーよ。むしろ、意外と仕事が回ってる事実に、驚きの声多数」

「……？　なんだそりゃ」

微笑《ほほえ》みながらそう言われて、俺はサンドイッチを咥《くわ》えながら首を捻《ひね》った。

仕事が回っているのは、決して俺だけの手腕ではない。

むしろここ最近は環季《たまき》さんの——いや、マティアスの実力だ。

(恐ろしいくらいに仕事覚えの早いんだよな、あの人……)

基礎スキルは、記憶として存在しているだけのマティアスは、言うなれば本で読んだ知識があるだけ、といったレベルのはずだった。

この世界の常識——それこそ仕事に関するスキルといえば、ほとんどゼロからのスタートだったはずだ。

（あれから異世界転生ものとかって本も読んだけど、これがあれか？　いわゆるチートスキル持ちの転生ってやつかと思ったね、俺は）

持ち前の前向きさと努力、それから呑《の》み込みの早さと応用力が驚くほど高い。

文脈の理解力はありまくるので、議事録の読み方さえわかってしまえば、会議の流れはあっという間に把握してしまう。

人の名前や顔を覚えるのも得意らしい。

必要な人脈との交渉スキルは、俺の知っている鉄仮面な環季さんとは違う朗らかさも相俟《あいま》って、人気も評判も上々だ。

いまだに彼女の部屋で夜の勉強会は継続中だが、それももう、ほとんど俺が教えることはないんじゃないかと思うことも増えてきている。

「まあ、最初はさ、俺も、お前が環季さんに虐《いじ》められてんのかって、ちょっと疑って見てたこともあったんだけど、本当に違ったんだなってさあ」

「は？　俺が環季さんに虐められてる？」

ぼんやりと今までのことを思い出しながら咀嚼《そしゃく》を続けていた俺は、大和田の言葉にサンドイッチに挟まったトマトを、うっかり落としてしまった。もったいない。貴重なミネラル成分なのに。

三秒ルールと思いながら、さっと拾って口に入れる。

濡《ぬ》れた指先を舐《な》めながら、俺は眉を寄せて大和田を見た。

「なんだそりゃ？」

ぱちくりと目を瞬いてしまう。

全く意味がわからない。

そんな俺の背中を、大和田は悪びれなく叩《たた》きながら言った。

「いやー、だってさ。いきなり名前呼びで、お前めちゃくちゃ世話焼かされてたじゃんか。事故の後遺症っていっても、ほとんど人格が違う環季さんにも驚いたし、お前パシリみたいだったからさ」

「パシリ……」

そんなふうに見えていたとは知らなかった。

男女の仲を疑われるよりも辛《つら》い方向の誤解が生じていたなんて。

「オレの名誉のために言っておく。俺は環季さんにパシられてないし、虐められてもいない。健全な上司と部下のままだ」

「まあ、そんで、お前が環季さんの補佐にご指名っていうのも、最初は課長クラスから不満もあったりしただろ？　でも、やらせてみたら意外とミスも少ないし、郁馬《いくま》ってさ、自分の通常業務もちゃんとこなしてるじゃん？」

「そりゃまあ……つーか、補佐で入ってて、メイン業務に迷惑かけるわけにはいかないだろ。それに、俺のメイン業務って言ったって、もともとこっちと連携してるものが多いし、みんなも自分の仕事は持ってんだから回すわけにもいかないいかなって」

二つ入り、最後のサンドイッチに齧《かじ》りつく。

大和田は俺の言葉に、感心したように頷《うなず》いているが、それはなんだか面映《おもは》ゆい。

(メイン業務って言えばカッコいいけどさ……)

そうなのだ。

幸か不幸か、環季さんの事故前に俺にはやらかした大ポカがあった。

そのせいで、様々なプロジェクトから一旦外されていたこともあり、もともと手持ちの仕事が少ないモブ・オブ・ザ・モブの筆頭だったのだ。

たぶん大和田の方が、最初から抱えているプロジェクトの数は多いはずだ。

だけどそんな大和田は、俺の肩にポンと手を乗せて爽やかに笑った。

「まあ、お前のすごさは俺には最初からわかってたけどな!」

「いや、だから、なんだそりゃ?」

本日三度目のなんだそりゃが口をつく。

大和田はそれにも眩《まぶ》しい微笑みをよこして、続けた。

「チームも他部署も、お前の仕事っぷりには高評価なんだから、もっと自信持てって話だよ。咲良《さくら》ちゃんなんか『なんで郁馬先輩、あの時あんなミスしたんでしょうね』って言ってたしさ、ああ、それははるも不思議がってたし」

「さくらちゃん?」

「ああ、佐加野《さがの》ちゃんだよ。佐加野咲良ちゃん。ほら、はるのチームの新人ちゃん」

言われて俺は思い出した。

佐加野咲良は、今年営業部に配属された入社二年目の女の子だ。

小柄な姫川《ひめかわ》と並ぶとどちらが新人かわからないなと思う、クールな雰囲気の子だ。スレンダーな体を、姫川が「綺麗《きれい》で羨ましいんだよ〜」と言っていた。黒髪ストレートに黒縁眼鏡《めがね》、それから結構な不愛想。

清廉なお嬢様という表現が似合いそうな彼女は、どこか環季さんと似た雰囲気だ。

（なんとなく近寄りがたそうな、というか、何考えてるかわかんない子、だよな……？）

廊下で会ってもぺこりとお辞儀をされる程度で、業務以外で話したこともほとんどない。そんな彼女にまで、あのミスを心配されていたなんて思わなかった。

「なんでって、そりゃ、俺がアホだったからだよ。あれのおかげで環季さんにも随分迷惑かけたわけだし……」

事故に遭ったのも、その後処理に追われた環季さんが過労になったという話だから、もとをただせば俺のせいでもあるわけで……。

「まあでも、今はお前が助けてんじゃん！　それ飲んで元気出せって。な！」

「ぶっふ！」

思い出せばいつでも落ち込んでしまう俺の背中を、大和田が明るく強くぶっ叩いた。

そのせいで、サンドイッチを喉に詰まらせてしまうところだった。

15. まさかのモテ期到来か

「ではイクマ。私は会議に出席してくるが、この仕様とこれに伴う予算を、出席者達《たち》に通してくれば良《よ》いというので間違いないのだな」

その日の午後、俺は外せないクライアントとの打ち合わせが入っていた。

外回りでの約束になっていて、環季《たまき》さんが出席する会議には出られない。

今日の会議は予算の議決がかかっている大事なものだ。

紛糾し、時間がかかる予想があった。

できるなら俺か大和田《おおわだ》が一緒に参加したかったのだが、大和田は別案件で手が離せず、俺も予定をずらせなかった。

「やっぱり俺も出席できたらよかったんですけど、すみません、どうしても打ち合わせがずらせなくて」

謝る俺に、環季さんはカンラカンラという擬音が似合いそうな笑顔を見せた。

それから両手を腰に当て、ニヤッと楽しそうに口角を上げる。

「かまわんさ。最近、なかなかあの狸《たぬき》共と席を同じくするのも楽しみ方がわかってきたのでな。はっはっは！」

とんでもない言葉を口にする。

狸共とは、今回のプロジェクトチームに参加している各連携部署のお偉方のことを指している。

その中には、以前環季さんにこっぴどくやり返されて茹蛸《ゆでだこ》になっていた、本田部長も含まれていた。

「しーっ！　そういうことを大きな声で言ったらダメですって！」

どこで耳に入るとも知れない。

俺は慌てて人差し指を唇に当てた。

「おお、そうであった。こういうことは、二人きりの部屋で、だったな」

「――だっ！　だから、近いのもダメなんですって！」

にこっと蠱惑的《こわくてき》に唇を上げて笑う環季さんから悪戯《いたずら》の共犯者のような顔を向けられて、俺は警戒しながら距離を取った。

「くっ。ついでに抱き着いてやろうと思ったのだが、イクマめ。上手《うま》く躱《かわ》すようになりおってからに」

「近づくなっつってんのに、なんで更に抱き着こうと思ったんですか……」

油断も隙もあったもんじゃない。

外見が環季さん、中身はマティアスだとわかっていても、距離が近すぎればいい匂いがする――ではなくて、傍目《はため》におかしな噂《うわさ》が立ってしまうと、何度言っても直らないのだ。

むしろ「別に良いではないか」「言いたい者には言わせておけば良い」なんて、正論の皮を被《かぶ》った減らず口を叩《たた》いてくるから始末が悪い。

昨日なんて「イクマ！　人の噂も七十五日で終わるとあったぞ！　良かったな！」と目をキラキ

ラさせて両手を広げられ、俺は頭を抱えたものだ。

（七十五日も噂されたら結構メンタル死ぬっつーの）

けれどいまいち納得していないらしい環季さんは、ぷくっと頬《ほお》を膨らませて、外回りの支度をしている俺を見た。

「誰も見ておらんぞ？」

「そういう問題ではなく！」

なんだその、秘密の関係のカップルみたいな台詞《せりふ》は。

俺はむくれたままの環季さんの背中を押した。

廊下に出して、会議室へと向かわせる。

「ああ、もういいから会議にどうぞ！　お気をつけて！」

「うむ。行ってくる。イクマもな」

そう言うと、環季さんはひらひらと俺に手を振った。

拍子抜けするほどあっさりと会議に向かう環季さんの背中を見送って、我知らずハアッとため息が出る。

（悪気がないのは百も承知だ。承知だけども……！）

ああいう小悪魔的な態度を男にするのはダメだろう。

夜はまだ継続している勉強会のおかげで、自宅まではほぼ直帰。

途中の買い物も一緒で、帰りは俺が終電で帰宅しているから、おかしなことはないと思うが、あ

ん な態度をそこかしこで取っていたら、勘違いした輩《やから》がいつ現れるとも知れない。

（これはまるで父親の気持ち——）

もしも意に染まらない相手に詰め寄られる環季さんを想像して、俺は胃の腑《ふ》が重くなった。

（……ん？　いや、でも中身はマティアスだからいいのか……？　いや、やっぱダメだろ！　体は環季さんのものなんだから、結局それは環季さんを汚すということに他ならないわけで！）

俺はもう一度ハアッと深く息を吐き、それからぼそりと呟《つぶや》いた。

「……今夜の勉強会から、もうちょっと強めに言わないとな——」

その時だ。

「夜の勉強会で強めにする、ってどういう意味ですか、郁馬《いくま》先輩」

「はわぉっ⁉」

突然耳に息を吹きかけられて、変な声が出てしまった。

ゾクッとしてしまったついでに、背中がビンッと伸びる。

「失礼。耳でそんなに感じられるとは思わず」

「か、感じ……っ⁉　はぁ⁉」

耳を押さえて振り向けば、そこにいたのは楚々《そそ》としたハーフアップの女子社員。

黒縁眼鏡《めがね》の縁を気真面目な様子でクイッと指で持ち上げた、佐加野咲良《さがのさくら》だった。

「え、な、なに……佐加野、さん？　え？」

チェックのスカートに黒いハイネック、白い毛糸のカーディガンは地味だが妙に似合っている。

ベレー帽でも被れば、文学少女の出来上がりだ。

資料の入ったファイルを両手で胸の前にしっかりと抱いて、彼女は言う。

「咲良で結構です。部署の皆さんには、そう呼ばれていますし」

「え、ええと、じゃあ、あの、咲良、さん。俺に何か用かな？」

なんだか不思議な感じのする子だ。

そして思った通り、何を考えているのかいまいち掴《つか》めない。

聞いた俺に、咲良さんは眼鏡の奥からじっと俺を見つめてきた。

薄茶色の目が、俺を真《ま》っ直《す》ぐ映している。

あ、この子割と可愛《かわい》いんだな。

姫川《ひめかわ》とはタイプが違うが、じわじわ可愛さが滲《にじ》み出るという感じ――

「夜の勉強会というワードが気になりましてつい」

「ああ、そういう――ん？」

などと思っていたら、何だかとんでもないことを言いだされた。

「退勤後、神川《かみかわ》部長とされていらっしゃるんですか。どういう勉強会なのでしょう。道具はお使いになられるのか、や、言葉はどのような選択をされているのか、なども気になりましてお声掛けさせていただきました」

「はい!?」

道具？　言葉？　何言ってんだこの子。

廊下をゆく他の社員が、チラチラと俺達を見ていく。

（そりゃそうだよね、気になっちゃうよね、そんなワードが聞こえてきたら！）

真剣な顔で眼鏡の縁をクイッとやりながら、女の子が往来で男に問い質《ただ》す内容じゃない。

「いや、別に道具も言葉も特別なことは何もない――」

「では素手で？　無言プレイということでしょうか。神川部長と郁馬先輩、お二人きりの空間で、ですよね。なるほど、ではそれは、どのくらいの広さのお部屋ですか？　密着度で言えばどれくらいになりますか」

「な、何か勘違いしているみたいだけど、俺達はそういういかがわしい関係じゃないから！　環季さんは事故の影響で記憶が曖昧なところが多くて、仕事と同じで、俺は依頼されて、日常での些細《ささい》な疑問点の解消に尽力しているだけなんだ」

「いかがわしい……？」

俺の必死の弁解に、咲良さんは、きょとんと目を瞬いた。

それから、スッと細い指を口元に当てる。

「あの、……何のお話をされてらっしゃるんですか、郁馬先輩」

「え？」

咲良さんは、わからないとでも言いたげに、俺から一歩後退《あとずさ》る。

ちょっと待った。待ってくれ。

これなんか、急に俺がセクハラしているみたいになってないか。

そっちから聞いてきたくせに、一体どうしてこうなった。

（落ち着け、落ち着け俺……とりあえず現状確認だ）

俺は冷や汗の出そうな額を、息を吐くことで落ち着けて、咲良さんにできるだけ紳士的な笑顔を見せる。

「あの、咲良さんは、俺と環季さんの関係が気になったから、そんな質問をしてきたわけじゃ……？」

「はぁ……。関係、は特には……」

マジか。それであんなこと普通聞きます？

俺にはちょっとわからないんだけど、咲良さん。

どういうことだよ。教えてくれよ。

「私はただ、神川部長があまりにも以前と雰囲気が変わられていたので、何があったのか気になっていて――そんな折、郁馬先輩が、『今夜の勉強会で強くする』という独り言を発している現場に遭遇してしまい、それでつい居ても立ってもいられず、と言いますか――……その、何をされるつもりなのか、興味を、抱いてしまい……」

途中から、少し頬を染める咲良さんが、もじもじと唇を片手で覆う。

だから待って。

（なんでそこで恥ずかしがるんだ……！）

後輩の可愛い女の子に、すげー卑猥《ひわい》な言葉を言わせてる、みたいな気持ちになる。

断じて俺にそんな変態趣味はない。

全身全霊懸けて誓う。

誤解だ。そして俺は悪くない。

むしろ咲良さんがいきなり俺に声をかけてきて、環季さんとの関係を気にするなんてシチュエーションは、俺に好意を持っているのでは、という誤解すら生みそうなはずだったのに、どうしてこうなった。

「モテ期かと一瞬考えた俺よさらば」

「はぁ……？」

自分で自分にツッコんだつもりが、声に出てしまっていたらしい。

ヤバいと思った俺をどう思ったのか、咲良さんはまたジッとこちらを見つめて、

「郁馬先輩が現状モテ期かどうかは知りませんけど、お手伝いします」

「え？」

急にそんなことを言ってきた。

「これから打ち合わせに出られるんですよね。では戻りしなの会議の資料は、私が用意しておきますので、お気をつけて行ってらしてください」

「え、な、なんで——」

手伝ってくれるのは正直助かる。

だけど、なんで俺の次のスケジュールを知っているのか。

戸惑う俺に、咲良さんはまたジッと俺を見て、それからきゅっと手に持っていたファイルを抱きしめる手に力を籠《こ》める。

「神川部長の分と郁馬先輩の分と、最近はようやく少し落ち着かれているようですが、それまでずっとお一人で捌《さば》かれているのを見ていたんです。……あんな激務が続いたら、部長の記憶が戻る前に、郁馬先輩が倒れてしまうんじゃないかと――」

「え」

「心配していました」

真剣な顔でそんなことを言われたら、誰だってちょっと心ときめく。

遠くから、実は貴方《あなた》を見てました――

――って、それこそ告白と何が違うというのか。

（モテ期――……いやいやいや、調子に乗るな俺）

大体、ほぼ今日初めて喋《しゃべ》ったような後輩だぞ。

あとさっき、急に変なことを言いだした。

思い出せ俺。

俺は、うぉっほんと咳払《せきばら》いをして、できるだけ普通を装い返事をする。

「あ、ありがとう。助かるよ」

「いいえ。郁馬先輩のお役に立てるなら嬉《うれ》しいので。何でも言ってくださいね」

そう言うと、咲良さんがふわっとはにかんだような笑みを見せて会釈をする。

それからもう一度「いってらっしゃい」と言ってくれた。

「……あれでモテ期じゃないんかーい」

去っていく背中に、俺は小さな声で呟いてしまったのだった。

16. 街中で突然襲われたら、普通は固まる

俺が外での打ち合わせを終わらせて、チームでの会議も滞りなく終わらせた頃。

会議が長引いていたらしい環季《たまき》さんが、意気揚々と戻ってきた。

「イクマ！　戻ったぞ！」

その表情から聞かなくても結果はわかるが、聞けと言わんばかりの態度に思わず笑みがこぼれそうになる。

「おかえりなさい。どうでした？」

「ふっふっふ」

ビッと、Vサインを出してみせる環季さんは上機嫌だ。

これは相当上手《うま》くいったのだろう。

各部署を繋《つな》いだ会議は、ただでさえ、各部署それぞれの意向がせめぎ合う。

予算案決議も伴うとなれば尚更《なおさら》だ。

今期決算予測は——先日やらかした俺のミスの補填もあって——だいぶ目減りしているはずだ。

部署としてはかなり分が悪い状況だった。そこを納得させ、営業部が新たな予算を引き出せるかどうかは、全てこの会議にかかっていると言っても過言ではなかった。

「本当にさすがですね。……その、俺のせいで大変だったんじゃないですか」

「何故《なぜ》だ？　イクマの指導のおかげでこの勝利を勝ち得たようなものだが」

不思議そうに首を傾《かし》げる環季さんは、本気でそう思ってくれているらしい。

俺はちょっとジンとした胸をスーツの上から押さえて、環季さんに笑顔を向けた。

すみません、は使わないと環季さんと約束をした。

だから代わりにこの言葉を彼女に告げる。

「ありがとうございま――」

「お疲れ様でした」

と思ったのに、情緒もへったくれもなく、俺の台詞《せりふ》はズバッと咲良《さくら》さんに遮られた。

ちょっと待って。

ねえ、それわざと？

嫉妬？　違うの？

普通にぶった切っただけ？

唖然《あぜん》とする俺に気づかず、環季さんは突然の闖入者《ちんにゅうしゃ》に顔を向けた。

「うん？　君は確か――」

「佐加野《さがの》咲良です。姫川《ひめかわ》はる先輩のチームでお世話になっております。直接お話するのは、入社式の代表者挨拶以来かと」

きっちりと四十五度の礼をする。

環季さんは、そうか、と朗らかな笑顔を浮かべた。

(入社式の代表者挨拶って……え？　そんなすごい子だったのか)

会社の式典なんて、最初の一～二年くらいしかまともに意識して出たことがなかったから、代表者の顔や名前なんて覚えてもいなかった。

ちなみに俺達《たち》の時の代表者は、言うまでもなく大和田朝陽《おおわだあさひ》だ。

「あー、ええと……会議の準備を手伝ってもらってました」

「そうだったのか。ありがとう」

「……いいえ」

蠱惑的《こわくてき》な唇を無邪気に開け、ニカッと白い歯を見せて笑った環季さんから、咲良さんがフイッと視線を逸《そ》らした――ように見えた。一瞬照れたのかとも思ったが、彼女の頬《ほお》は赤くもない。

(なんだ？　偶然か？)

引っかかるものを覚えながらも、俺は環季さんに視線を戻した。

「イクマ、今日はまだやることがあったか？」

「いいえ。これをまとめたら俺の方も終わりです。帰りましょうか」

「うむ」

「咲良さんも、手伝ってくれてありがとね」

手早く使った資料をまとめてファイリングする。

疎《まば》らに残る営業部の面々に「お先」と軽く挨拶をして、俺と環季さんは部署を出た。

誰も乗っていなかったエレベーターに二人で乗って、「閉」ボタンに手を伸ばす。

ゆっくりと閉まりかけたドアの隙間に、突然、白い手が差し込まれた。

「おわっ⁉」

「なんだ？」

ガコガコッと力業でこじ開けてエレベーターに乗り込んできたのは、

「は――え？　咲良さん……？」

コートを無造作に着込んだ咲良さんが、ぜぇはぁと肩で息をして俺達を見た。

慌てて走ってきたのか、眼鏡《めがね》が少し斜めにズレている。

「私、も……っ、途中まで、っはぁはぁっ……、ご、ご一緒させていただいても、よろしいでしょう、か？」

ご遠慮させていただきたい気迫がある。

けれどそんな返事をする前に、咲良さんは俺達の間に何事もなかったかのように立ってしまった。

「おお、もちろんだ、サクラ！」

そしてやっぱりそんなことを気にしない環季さんが、屈託なく頷《うなず》いてしまう。

（マジか……）

そんなことを思いながら、俺達は一緒に帰ることになったのだった。

自社ビルから駅までは十分ほど。

けれど環季さんの家までは、歩けば三十分ほどの距離になる。

勉強会を兼ねて一緒に帰るようになってから、環季さんはよほど天候の悪い日でもない限り、散歩を兼ねて歩いて帰ることを希望していた。

自然の中にいた方が、マナの補充にもなるらしい。

「神川《かみかわ》部長は歩くのお好きなんですか」

「うむ。乗馬も好きだがな」

「馬……」

そうして今晩も歩いて帰るからと言った俺達に、咲良さんは「では途中まで」と言って何故だか結構ついてきている。

(もしかしてストーカーか……？　え、どっちの？　俺の？　じゃなさそうな……)

だとしたら環季さんのストーカーか。

このままマンションまでついてこられたらどうしようか。

警戒する俺を挟むようにして歩きながら、二人は会話を続けている。

「お体はもう大丈夫なんですか」

「うむ。空も飛べる」

「空……？」

「比喩だよ、比喩！」

ただ、うっかりすると環季さんがポロリとマティアスらしい話をしてしまうので、軌道修正は必須だが。

「でも、まだ本調子ではないかもしれませんので、あまりご無理なさらないでくださいね」

「はっはっは！　心配痛み入る。だが、私のマナは十分に滾《たぎ》っているからな！」

「……マナ？」

「マママナーは覚えてるよって言いたいんだと思うよ、環季さんは！」

「なるほど」

顎に手を当てて頷く咲良さんは、それ以上は突っ込んでこない。

どうにか誤魔化《ごまか》せたようだ。

ホッとしながら歩いていると、咲良さんが俺にだけ聞こえる小さな声で囁《ささや》いてきた。

「……お二人は一緒に住んでらっしゃるんですか？」

「――ンブッフ！　は？　え？　す、住んでないよ⁉」

「私は面倒だから共に暮らしてもいいと言っているのだがなあ」

「環季さん⁉」

俺がうっかり大きな声を出してしまったせいで、内容が環季さんにもバレてしまった。呆《あき》れたような顔を向ける咲良さんは、絶対誤解したのだろう。

バレバレの嘘《うそ》をなんで吐《つ》くんですか、と言っているように見えて仕方ない。

でもこれだけは本当に誤解なのだ。

社内でのおかしな噂《うわさ》ややっかみも収まりつつある最近、また変な噂を流されでもしたら面倒だ。

「お二人はやっぱり付き合っていらっしゃるんですか？」

「本当に誤解だから！」

俺は急いで、両手を振って否定するが、咲良さんも食い下がってくる。

「でも、随分仲が良いように見えますが」

「仲は良いぞ。なあ、イクマ」

「だーかーらー！　あなたはすぐそういうことを言う――」

「イクマ！」

「⁉」

苦虫を噛《か》み潰《つぶ》したような顔で、俺が苦言を呈した瞬間。

環季さんが、鋭い声で俺を呼んだ。

ほとんど同時に、咲良さんが驚いたように前方を見る。

「え、何――うわっ！」

反応の遅れた俺の腕を、環季さんが強引に引っ張った。

そのまま環季さんの胸に思い切り顔を押しつけられる。

「むがごごっ！」

受け身を柔らかい胸で取らされたような格好だ。

「待てっ！　動くなイクマ！」

声だけは鋭い環季さんに何が起こったのかわからない。

俺の視界は柔らかくて暗い闇の中だ。

「ぷはっ」

モゴモゴしながら、俺はどうにかその谷間から顔を出した。

するとそこに、犬――いや、イノシシほどの大きさの毛むくじゃらの何かがいた。

「は――え？　何……」

「あれは――」

「ガリュードスだ。何故この世界にこんな魔獣が……」

がりゅ……は？　え？　魔獣？　魔獣って言ったのか、今？

顔を上げた俺の隣で、咲良さんも見慣れぬ魔獣――ガリュードスに目が釘付《くぎづ》けになっている。呆《ぼう》然《ぜん》とした様子だ。それは当然の反応だと思う。

いくら線路脇の人気《ひとけ》のない田舎道《いなかみち》とはいえ、野良犬だって今どきいない。

街中に突然イノシシが現れたって、そこそこのニュースになる時代だ。

俺だったら、目の前に突然イノシシが現れればフリーズする。

それが突然のガリュードス。魔獣です。

なんて言われても、誰だそれ、なんだそれ、という話でしかない。

荒唐無稽すぎて悲鳴だって簡単に出ない。

唯一、既視感があるらしい環季さんは、真《ま》っ直《す》ぐそのガリュードスを睨《にら》みつけ、

「ひとまず、あいつは」

「あいつは……？」

「真っ直ぐ突っ込んでくるしか芸がない」

そう言った途端、大きなガリュードスが俺達目がけて一目散に突っ込んできた。

「のわあぁぁっ！」

「臆するな、イクマ。横に飛べばいい」

臆するわ、あんなん来たら！

咄嗟《とっさ》に動けない俺の腕をグイッと引いたのは、なんとまさかの咲良さんだった。

この状況で咲良さんは動けるのか！　逆にすごいな！

「ナイス跳躍だ、サクラ。そのままそこにいたまえ」

「え、ちょっと、環季さ――」

左手を前で構え、右手を引いてそう言った環季さんの手から、チカチカと光の筋が飛んでいく。

「雷神弓《エレクリア》」

それは真っ直ぐガリュードスを突き抜けた。

その途端、ギャッと短い鳴き声を上げてガリュードスは光の粒になって消える。

完全に異世界アニメの実写版の世界。

俺の腰は完全に抜けてしまっていた。

「な、なんだったんだ……」

「今のって――」

咲良さんが呆然と口を開く。

「はっ！　あ、あの、咲良さん、これはええと……！」

俺はすっかり彼女の存在を忘れていたことを思い出した。

（ヤバい！　ヤバいだろうこれ！）

こんなファンタジー全開の状態を、どう説明すればいい。

警察にでも駆け込まれたら、俺はなんて説明すればいいんだ。

そんなことを思う俺の前に、咲良さんは何故だか一歩前に出て、俺をかばうように両手を広げると、キッと鋭い視線を環季さんに向けた。

「さ、咲良さん……？」

「やはり、貴様はヴァルライド王国の者……！　まさか……いや、名を名乗れ！」

17．もう一人の転生者

（ど～～～おなってんだこれ～～～～～！）

睨《にら》み合《あ》う美女に挟まれて、腰を抜かしている俺という状況。

一体何がどうなっているのか、冷静になろうとしてもちょっと無理だ。

憧れの上司が僕のせいで死にました。

その体を、別の魂の転生者が使っています。

性別も住んでいた世界もそもそも全部違うようです。

空も飛べて魔法も使える、そんな世界から来たようです。

今日の帰り道、僕らは街中で魔獣に襲われて、助けてもらったわけですが。

そうしたらなんと！

職場の後輩も、何故《なぜ》だか異世界にあるその国を知っているみたいなんです！


頭の中で小学生の作文練習みたいに状況を書き出してみる。

うん、はい、意味がわかりません。終わり。

会社では見たことのない顔をして、ギッと環季《たまき》さんを睨みつける咲良《さくら》さんがいる。

どうなってるんだ。

というか、どうしたらいいんだ、俺は。

「あ、あの、今一体何が起こってるんですか」

ここは素直になるしかないと腹を括《くく》って、恐る恐る聞いてみる。

と、咲良さんはハッとしたように俺を見た。

「郁馬《いくま》先輩。郁馬先輩は、この世界の者ですよね⁉」

「こ、この世界しか知らない者です！」

あまりの勢いに大きく頷《うなず》けば、咲良さんはホッと息を吐いた。

「咲良さん、君は……」

「サクラ。貴君は我が祖国、ヴァルライド王国を知っているのか？」

環季さんが話しかけると、その目つきがすぐに鋭さを増す。

振り返った彼女は、威嚇するように低く言った。

「馬、空、マナ——……どれもしやと思うことばかり。そして先程の電神弓。あれで疑念は確信に変わった。あれを扱える人間を、私は彼の国で知っている」

咲良さんの話し方は、マティアスととてもよく似ている。

環季さんは、ふっと顎を微《かす》かに上げ、咲良さんを真《ま》っ直《す》ぐ見つめた。

そして言う。

「ふっ。問われたなら答えよう。我が名はマティアス。マティアス・フォン・ラインニガー。ヴァルライド王国の魔法騎士で——」

「やはり、マティアス！」

「知り合いかーい！」

思わずツッコミが声に出た。

だが、真剣に向き合う二人には、俺の声など全く届いていないらしい。

「そういう貴様は何者か」

いや、ちょっと待ってくださいって。

「仇敵《きゅうてき》の顔を忘れたか！　我が名はリドニア！　リドニア・アルトマンだ！」

俺のことは完全に置き去りで、二人の話は進んでいく。

「おお！　リドニア！　貴君はリドニアか！」

「気安く呼ぶな、貴族の犬め！」

驚く俺をよそに、急に高貴な雰囲気で罵る咲良さん。

だけど環季さんは嬉《うれ》しそうに、そんな彼女の肩を両手でバシバシと叩《たた》き始めた。

「き、貴族の犬？　って、二人は仲悪かったんですか？」

質問する俺にも、ニカッと笑顔をくれる。

「そんなことはないぞ。政敵として相対する間柄であったのでな、その際は互いに策略謀略の渦中に身を置いていたというだけで、個人間には何の恨みもない。我が良き友だ！」

朗らかに肩を組む環季さんを、親の仇《かたき》でも見るような目で見上げる咲良さんは、絶対そうは思っていなそうだが。

「しかし、まさかこの世界であちらの同胞と会えるとは思わなかった。リドニアよ、また会えて嬉しいぞ！」

「気安く呼ぶなと言ったはずだが。この世界での私は、佐加野《さがの》咲良だ。犬が」

吐き捨てるようにそう言って、咲良さんは環季さんの手を払いのける。

（バッチバチじゃん……）

だけど、環季さんは全く意に介していないようだ。

「しかしリドニアよ。貴君は随分見目麗しの若者になっているのだな。爺《じじい》になるまで生を全うするかと思ったが、意外と早く身罷《みまか》ったか。私が先に逝ったのがそんなに辛《つら》かったのか？　まさか後追いをしたのではあるまいな――」

「するか！　何故私が貴様を追わねばならぬのだ！　自惚《うぬぼ》れるな犬！」

「いやそれにしても見違えた。その長髪もあの頃はただの不作法か、二枚目気取りと思っていたが、なかなかどうしてその姿だと愛らしいな！」

「気安く触れるな、駄犬が！　私は途中でくたばった貴様と違い、九十九の大往生であったわ！　貴様が片思いしていたアディーレ嬢とも一時恋仲になってやったぞ、ザマーミロ！」

「なんと！　私がいなくなって、それはそれはさぞ寂しい思いをさせてしまったのだな、アディーレ嬢……まさか貴君を側《そば》に置いても良いくらいに心が弱ってしまっていたとは、心の傷のなんと大きく深かったことか」

「貴様……っ！　死んでも性根は変わらぬと見える！」

鎮痛な面持ちで言う環季さんに、咲良さんはワナワナと拳を震わせる。

うん、割とひどいことを言っているよな環季さん。

あれ？　やっぱり本当は結構嫌いだったのか？

それともからかっているだけか？

環季さんには、まるで悪びれた様子はない。

パッと顔を上げると、またにこやかに話しかけるのだ。

「リドニアよ――いや、今は、サクラ、だったな。ではサクラよ。貴君はここに来て長いのか？　私はつい先日、このタマキと魂の共鳴を果たして肉体を得たばかりでな」

ニコニコと爽やかな笑みを浮かべて自分の状況を語り始めた。


「――ふん」

歯をむき出した犬のように威嚇しつつも話を聞き終えた咲良さんは、鼻を鳴らして腕を組んだ。

けれど俺の視線に今更ながら気づくと、取り繕うように髪を撫《な》でつけ、眼鏡《めがね》の縁をクイッと持ち上げる。

「ど――どうりで、これまでの神川《かみかわ》部長の言動と明らかに異質だと思いました」

口調を戻した咲良さんは、それでも視線だけはやたら鋭い。

環季さんを見るその目には、蔑んだ色がハッキリと浮かんでいる。

「…………」

そんな目ができる子だったんだ、という衝撃がすごい。

というか、現代日本で人をあからさまに侮蔑した表情って、本当に滅多《めった》にお目にかかれないと思う。ハッと大きく息で笑った咲良さんは、そのままビシッと人差し指を環季さんに突き付ける。

「貴様のような半端者と一緒にするな。私はこの世界歴二十三年目――すなわち真の転生者だ！」

「なんと！」

いや、真《しん》も贋《がん》もねーわ。転生者ランクで競い合わないでくれ。

こちとら二十六年間生粋のこの世界しか知らねー者だわ。

（ん？　あれ……？）

そんな二人のやり取りを聞きながら心の中でツッコんでいた俺は、ふと違和感を覚えてしまった。

ヴァルライド王国で九十九歳まで生きた咲良さんことリドニアが二十三年前に転生して、環季さんことマティアスが、先月の事故で魂の転生をしたのが、そのもっとずっと前に死んだマティアス
――……？

（んん？　これってつまり、どういうことだ……？）

転生からの二人の年数、合わなくないか？

それとも転生って、時系列関係ないとかか？

俺のそんな疑問をよそに、二人は会話を続けていく。

「貴様が何者であったとしても、私にはどうでもいい。今、この世界で、私は貴様と煩わしい関係になるつもりはないということを、宣言したかっただけなのだ」

「ふむ？」

「ここはヴァルライド王国とは違う。我々の関係も、死により清算されたと私は見る。――つまり！　この日本という平和な国で、私は平和に暮らしたい、ということだ！　わかるか、貴族の犬よ！」

平和に暮らしたいという割に、バチクソ喧嘩《けんか》を売っているように聞こえる咲良さんに、環季さん

は呵々《かか》と鷹揚《おうよう》に笑った。

「火竜の剣士と呼ばれたほど血の気の多かった貴君が、穏やかになったものだな」

あ、やっぱ血気盛んだったのね。

というか、これで穏やかになったのか。

「ふん。ここには、素晴らしいものがたくさんあるのでな」

「ほう、貴君がそう言うとは興味深い。例えば？　教えてくれ」

素直に瞳を輝かせた環季さんに、咲良さんが明らかに得意満面の顔になった。

（ドヤ顔の典型か……）

異世界の住人ってみんなこんなピュアな感じなの？

ちょっとよくわからなくなってくる。

剣と魔法があって、魔獣がいて、命を賭して戦う世界の住人の方が、平和大国日本と呼ばれる現代で生きている俺達《たち》より純粋そうなのが目に眩《まぶ》しい。

——あ、逆か。

命を賭した世界だからこそ、人はみんな、素直に貪欲に生きられたのかな。

「ふっふっふ。そう請われれば仕方あるまい。教えてやろう」

「ふむ。しかして、それは！」

「深夜アニメだ！」

「…………え？」

まるで未来のネコ型ロボットの道具発表のように勿体《もったい》つけた咲良さんの口から、飛びだしてきた言葉は意外なものだった。

平和に暮らしたい、元火竜の剣士さんのイチ押しが「深夜アニメ」。

けれど環季さんは俺とは違った意味で「おおっ」と驚きの声を上げた。

「しんやあにめ！　あの動く箱の絵か！」

「わかるのか、貴様にもあの素晴らしさが！　私は毎夜続きが気になるものばかりで、もうあれを見ずに生きてはいかれない。この国が平和であればこそ、あの素晴らしき技術を享受できる喜びに、この身は奮えを禁じ得ない！」

なんだ？　つまり咲良さんはマティアスと同じ世界からの転生者で、マティアスとは政敵だったけど、今は深夜アニメの続きが見たすぎて、日本の平和を望んでいる、ということか？

俺の混乱をよそに、環季さんは恥ずかしそうに後頭部を掻《か》いて言う。

「いや、まだ私は新参者ゆえ、世界の理《ことわり》を知るには早すぎる。だが、貴君がそう言うのなら余程のものであるのだろうな。そうだ！　では、イクマ。今夜の勉強会はしんやあにめについてを所望したい！」

「え……？　いや、それはちょっと……」

むしろ今夜の勉強会では「遅くまでアニメで変なことを覚える前に、ちゃんとさっさと寝てください」と言うつもりだったのだ。

申し訳ありませんが、それは俺の範疇《はんちゅう》外です。

「い、郁馬先輩！　そこにいたんですか！」

呆《ほう》けたように答えた俺に、咲良さんがパッと顔を赤くした。

あ、リドニアじゃない方の咲良さんだ。

「すっ、すみません、その、私、そういうことで――失礼します！」

「え、あ、咲良さん――」

顔を真っ赤と真っ青で繰り返して、咲良さんは脱兎《だっと》の如く走り去ってしまったのだった。

18. 今と昔を持つ者の気持ち

そんな衝撃の正体を知ってしまったあの日から。

俺と咲良《さくら》さんの関係は、職場では今まで通りで特に変わることもなく。

けれども互いの事情を知ったという気安さからか、環季《たまき》さんの方から咲良さんに仕事を振ることが増えていた。

そうなると、必然的に俺と咲良さんの接点も増えてくるというわけで。

「郁馬《いくま》先輩。午後の会議室押さえました。連携各所には通達済みです」

「助かる！　ありがとう」

「いえ、先日発注書のミスを指摘いただきましたし。とても助かりました。ありがとうございます」

「あれくらいミスのうちに入らないって。わからないことはいつでも聞いて」

「ありがとうございます」

こういうやり取りも、俺の日常になりつつあった。

あまり話したことのなかった咲良さんだが、なかなかどうして優秀な子だ。

入社式で代表者を務めたというのも頷《うなず》ける。

それに、あんなカミングアウトを知らなければ、まったく一般人と変わらない。

「咲良さんはさ、記憶が混乱する、みたいなことはないの？」

「会社でそういう話はちょっと困ります」

「あっ、そうか、ごめん！」

だというのに、俺の方がついそんなことを聞いてしまった。

慌てて謝罪する俺をチラリと見上げて、咲良さんが小さくため息を吐《つ》く。

（やらかした……）

年下の後輩を異世界トークで困らせてしまう日が来るなんて。

普段あんなに環季さんの言動に冷や冷やさせられている俺が、逆のことをしてしまった。

「そんなに謝らなくても、……少しくらいなら、いいです」

そんな俺に、咲良さんは困ったようにそう言った。

素早く辺りに視線を走らせると、前を向いたまま、小声で話し始めてくれる。

「混乱は普段は特にないです。私は普通にこちらで生まれて、成長してますし。ただ、前の人生だった記憶があるだけというか」

「前世の記憶ってやつ、だよね」

「そうなりますね。でもそれって、大人になって昔を懐かしむみたいな、そんな気持ちに似ているんだと思います。目が覚めたら急に別人になってた、みたいな感覚ではないんです」

なるほど。それなら俺にも想像はできる。

頷く俺に、咲良さんが続ける。

「私は普通の女の子のつもりで生きていましたし、今もそうです。ただ、あの時は、その……急にマティア――神川《かみかわ》部長とかガリュードスとかが現れて、こう、一気に記憶や気持ちが昂《たかぶ》っちゃったといいますか……」

「なるほど……？」

急に昔の記憶がフラッシュバックした――みたいな感じなのかもしれない。

今の咲良さんを見ていると、あの日の哄笑《こうしょう》する姿が夢だったとしか思えない。

「びっくりしましたよね。……すみません」

バツの悪そうな顔で、咲良さんがチラリと俺を見やった。

「いやいやいや！　そんなことは――ちょっとあったけど」

「ご迷惑おかけしました」

恥ずかしそうに俯《うつむ》く咲良さんに、罪悪感が芽生えてしまった。

お詫《わ》びのつもりで話を進める。

「ええと、……咲良さんは環季さん、というか、マティアスが嫌いなんだっけ」

「嫌い――というか、彼は政敵だったので、意見は対立することが多かったと思います。ただ神川部長のことは尊敬してますし、同じ女性として憧れでもあったので、魂の本質的に嫌いなわけではなかったんだなと」

(魂の本質って、そういう感じで受け継がれてくのかー……)

つまり、いつもクールでいっそ冷淡にも見えていた環季さんには、今の豪快で明るいマティアスの本質があったということになるのかもしれない。

うーん。まるで正反対だな。俄《にわ》かには信じられない変貌に見える。

(あの日の咲良さんは、環季さんにものすごく突っかかってた気がするような……あれ？　だとしたら本質はマティアスを嫌いだったってことにはならないのか……？)

俺の考えがわかったのか、咲良さんが苦笑した。

「魂って、基本的に陽の方が本質なんです。そこに外的要因が重なって、きつくなったり暗くなったりしていくのだと習いました」

それがヴァルライド王国での教えらしい。

それが本当なら、環季さんの本質には、根っからに豪快なマティアスがいるし、リドニアだった咲良さんは、マティアスを嫌いではなかったということになるんだろう。

「……神川部長は、私達《たち》が知っている神川環季さんは、すごく裏表のない人じゃないですか。部下を平等に見ているし、変な贔屓《ひいき》をしたりもしない。自分にも他人にもストイックで、そこがかっこいいなと思って憧れていました」

それはすごくわかる。

女性だてらに、なんて言葉は時代錯誤だとわかっているけど、男にだってあんなに平等主義者はいないいんじゃないかと思うほどだ。かっこいい。

神川環季はカッコいい。

俺もそう思っていた。

ちょっと握手でもしたい気分だ。

「マティアスにも、そういうところが確かにあったんです。けど、なんと言うんでしょうか……世界観や立場もあったと思いますが、うーん……」

そう言って、咲良さんが言葉を探すように小さく唸《うな》る。

「彼と話しているとですね、何と言いますか、自己評価が高すぎると言いますか、無駄に正論すぎるところが多くて、まっとうすぎて嫌いじゃないけど腹が立つというか……？　なんでしょう……神川部長だと素敵なんですけどね……」

首を捻《ひね》りながら話す咲良さん自身、上手《うま》い言葉が見つからないようだった。

昔の記憶すぎて思い出せない、みたいな感じで、うんうんと唸っている
俺は、そっか、と言って、話を切り上げることにした。

「まあでも、そのおかげで咲良さんと仲良くなれたし、こうやって話せるようになって、俺としては良かったなって思ってるよ」

「私も、良かったです」

「うん」

咲良さんにそう言ってから、俺はちょっと照れてしまった。

マティアスの素直さに影響されたのかもしれないが、言った後に照れが来る。

不自然にならない程度に胸を押さえて心拍数を落ち着ける。

と、咲良さんが「……あの」の声をかけてきた。

「うん？」

「私、前から少し思っていたんですが……その、郁馬先輩って、仕事、早いですよね……？」

「え？　いやいやいや。そんなことないと思うけど」

急にそんなことを言ってくれる。

ははは、と笑って誤魔化《ごまか》す俺に、咲良さんがずいっと顔を近づけてきた。

「いいえ、早いんです。統計を取ってみたのですが、現在営業部での郁馬先輩は、マティア――……ではなく、神川部長の以前の仕事量に匹敵するワークをこなされているんです。私の見立てでは、大和田《おおわだ》先輩より郁馬先輩の方が優秀です」

「いやいやいや。持ち上げてくれても何も出ないよ」

「私は事実を言ったまでです」

むぅっと唇を尖《とが》らせる咲良さんに、俺はちょっと困惑した。

一体どうしたんだ、咲良さん。

さっきの俺の言葉をリップサービスだとでも勘違いして、サービスし返してくれているんだろうか。

そんなことを考えながら歩いていると、途中の資料室のドアがいきなり開いた。

「きゃっ」

「あぶなっ！」

ぶつかりそうになった咲良さんが、小さな悲鳴を上げて身構える。

俺は咄嗟《とっさ》にその腕を引いて、自分の側《そば》に引き寄せた。

勢いでくるりと反転させた形になって、廊下の壁に押しつけてしまう。

「うわっ、すみません！　気づかなくて！」

ダンボール箱を台車に載せた事務員が、俺達に気づいて慌てて謝る。

それに片手を上げて返事をしてから、俺は腕の中の咲良さんを見下ろした。

「ごめん。大丈夫だった？」

「……あ、ありがとうございます」

「咲良さん？　どこか打った？」

「い、いいえ……」

咲良さんの様子がおかしい。

じっと俺の体を見つめて、不意にわき腹に触れられる。

「うぇっ⁉」

「郁馬先輩って、意外とがっしりされてるんですね……」

「え？　な、何？」

ぼそりと呟《つぶや》かれた言葉が聞き取れないのとくすぐったいのとで、俺は咲良さんの悪戯《いたずら》をする手を取った。そうして顔を近づける。

「あっ、い、いえ、なんでもないです！」

すると咲良さんは、何故《なぜ》だか顔を赤くして、俺からプイッと顔を背けてしまった。

それからそわそわと自分の腕を片手でさすっている。

それに気づいた俺は咲良さんの腕を取った。

「あ、ごめん。さっきもしかして腕ぶつけた？　俺、押しつけたよな」

「だだだ、大丈夫です！　お気遣いなく！」

「え？　あ、そう……？」

何故だか更に赤い顔になった咲良さんが、ぶんぶんと首を左右に振る。

これ以上聞いてもきっと答えてくれそうにない。

そう思った時、

「おお、そこにいたか、イクマ！」

奥の部屋から環季さんが顔を覗《のぞ》かせた。

俺に気づいて手を上げる。

そういえば、これから会議があるんだった。

「ごめん、咲良さん。じゃあ俺会議に行くから」

「あ、はい、いってらっしゃい！」

ヒラヒラと手を振る俺に、ぺこりと咲良さんが頭を下げる。

それから小さな手をそっと振り返してくれた。

なかなか懐いてくれなかった保護猫が、少しだけ心を開いてくれたような感動がある。

思わず微笑してから振り向いた俺は、

「ほぉ……？」

思った以上に至近距離で俺を見つめる環季さんに、思わず顎を引いてしまった。

「ど、どうかしまし、た……？」

「いや、別に？」

そうは言うけれど、環季さんは俺の顔をじっと見つめている。

（怒っている……？　え？　俺、何かしたか……？）

そんな顔は初めて見た。

「行くぞ、イクマ」

「あっ、は、はい！」

首を捻りつつ、俺は会議へと向かったのだった。

19. 疑惑の関係

本日も、夜の勉強会の時間がやってきた。

課業後テーマは『萌《も》え』とは何か。

テーマを考えたのは環季《たまき》さんだった。

曰《いわ》く、咲良《さくら》さんがこの世界に固執するほど重要な深夜アニメについて、彼女から「平和と萌えが詰まっている」と説明されたが、いまいちそれがわからないからだとかなんだとか。

こちらとらオタク属性皆無だというのに、上司のリクエストにどうにか応えようと勉強してまで臨んでいる。

「環季さん、聞いてます？」

「……ふぅむ」

「聞いてませんね？」

「ふぅむ……」

だというのに、さっきから何故《なぜ》か環季さんは上の空になっている。

勉強時間に、心ここにあらずという態度はいただけない。

「環季さん――」

「ふむ。よし、やはりこれは聞くべきだな。聞こう。それでだな、イクマ」

問《と》い質《ただ》そうとした俺に、環季さんはそう言うと、いきなり顔を近づけてきた。

「なっ、はい？　え？　な、なんですか⁉」

突然の接近に、驚きと共に心臓が高鳴る。

いくら中身が魔法騎士だったという男のマティアスだとはいえ、会社帰りに一人暮らしの女性宅という現状で。

憧れの上司の姿でそんなに近づかれたら、ドキリとしてしまうのだ。

が、環季さんはそんなことなどおかまいなしに、俺の頬《ほお》を両手でがしっと掴《つか》んだ。

「いっ！」

「君達《たち》は、恋仲なのか？」

「え？　なに？　こいな――恋仲？　え、は？　誰と⁉」

「聞いているのは私だが」

「ちょっと待ってください、近いですって！」

答えるどころの話じゃない。

身を捩《よじ》って逃げる俺を、環季さんは渋々といった体《てい》で放してくれた。

が、ムッとしているのはどうしてだ。

妙に頬を膨らませて、環季さんが拗《す》ねたような上目遣いで俺を睨《にら》む。

(……なんでそんな可愛《かわい》い顔をす――ではなくて！)

そんな表情も初めて見た。

環季さんが、その顔のまま低い声で言う。

「サクラとはもっと近かったではないか」

「咲良さん？　え、いつ――……」

言いかけて、昼間のアレかと思い至る。

急に脇腹を触られて、手を取った時のことだろう。

あれはそもそも急にドアが開いたから。不可抗力だ。

だが環季さんは何を考えているのか、またズイッと身を乗り出してくる。

「それで？　サクラと君は恋仲になったのか？」

「なってませんって！　彼女はこっちの事情も知ってますし優秀だし、俺達の仕事を手伝ってくれてるんですよ？　そんな邪推するなんて可哀想《かわいそう》です」

「随分サクラの肩を持つのだな」

どうして今ので そうなるんだ。

頭の中がクエスチョンマークでいっぱいになる。

「どうしたんですか？　環季さん、今日何か変ですよ？」

「別に。私はいつも通りだが」

今度はプイッとむくれた顔を背けられる。

子供じみたその態度は、まるで浮気を疑う恋人の態度に似ている。

「……その、環季さんもしかして」

俺と咲良さんの関係に嫉妬してくれていたりなんかして――

そう聞きそうになった言葉を、喉の奥に押《お》し留《とど》める。

(そんなわけあるか)

自分で自分に盛大なツッコミを入れて自制する。

彼女の心は環季さんじゃない、マティアスなのだ。

いや、そもそも論。

環季さんだとしても、嫉妬なんてもっとあり得ないはずだ。

彼女が俺の女性関係を気にするような仲でもなかった。

マティアスになってからの距離間が家族のように近くなりすぎて、自意識過剰になるところだった。

(これはあれだ。嫉妬――ではなく、あれだな、あれ！　弟に彼女ができたかもって気になる姉の心境か！　あっ、もしくは、あれだ！　友達に仲の良い子ができてちょっと心配になるやつみたいな！)

親友に初めて彼女ができたと聞いた時、確かに少しそんな気分になったなと懐かしく思い出す。

おめでとうという祝福の気持ちと、焦りと、ちょっとばかりの寂しさと――

(あ、そうか――……)

そう考えて、俺はハッとした。

今、環季さんはマティアスで、この世界で頼れる相手は俺だけなのだ。

そんな俺が、他に行ってしまうのではないかという不安は、きっと相当なものだったに違いない。

俺は改めて環季さんに向き直る。

「あの、環季さん……というか、マティアス」

心を込めて名前を呼んで。

「な、なんだ。イクマにその名で呼ばれるのは初めてだな」

驚く環季さんの目をしっかりと見つめる。

「俺は、あなたの側《そば》にいますよ」

「――――」

その目が大きく見開かれる。

「……そうか」

小さくそう言うと、環季さんがふわりと微笑《ほほえ》んだ。

思わず小さく息を呑《の》む。

そんな笑顔も初めて見た。

「そうか！」

と思っていたら、堪《こら》えきれないといった様子の環季さんが、俺の首に腕を回して抱き着いてきた。

「おわっ」

だから近い！

それに、柔らかいのが当たってるんですってば、という俺の抗議は、夜が更けるまでずっと無視され続けていた。

20. 日常に非日常を使う彼女

そんなこんなで日々は少しずつ過ぎていき。

環季《たまき》さんの職場復帰から一月半も過ぎた頃には、環季さんことマティアスは、日常業務をほぼ支障なくこなせるようになっていた。

（……いや、早くないか？　いくら環季さんの記憶が残っているとして、経験としては初めてのことばかりのはずだろ？　日常生活というルーティーンならまだしも、仕事だぞ？　覚えるのが早すぎると思うんだけど！）

さすが神川《かみかわ》環季と魂を同じくする者、とでも言うところなのか。

ヴァルライド王国でも、さぞかし優秀な魔法騎士様だったことだろう。

「イクマ。次に出す資料をファイリングしておいた。ダブルチェックを頼めるか」

「あ、はいっ」

そして今日、用意された資料も完璧。

というか、ファイリングにダブルチェックって、会社で使われる言葉にも全く問題なくなっている。

（仕事面でのサポートは、ほとんどいらなくなってるんだよな）

そう。優秀なエリート女史。

我が社きっての出世頭が帰ってきたと言っても過言ではない。

普通であれば、俺のお役目は御免となっているところだ。

けれど残念なことにというか、ありがたいことにというべきか。

彼女の優秀さは、仕事面に限っていた。


「ぬおぉぉぉ……」

仕事のデスクでも、よくこんな声を環季さんは出している。

「何をやってるのか聞いても……？」

右肘を左手で支えながら高々と上げて、低く呻《うめ》く環季さんは、俺の声に涙の溜《た》まった目を向ける。

「指が！　攣《つ》ったぞ、イクマ！」

「なんでハサミ使うだけでそんなことになるんですか」

「ナイフや剣の方が使い勝手が良いではないか！」

「文明の利器を舐《な》めないでくださいよ」

ハサミ一つでこの有様だ。

——そう。

環季さんことマティアスは、日常生活にはまだまだサポートと勉強が必要なのだ。

（なんでだ。絶対仕事覚える方がハードル高いはずなのに）

食事時に箸を持たせると握り箸になるし、面倒だと皿から直接手で食べようとする。

お国柄か、ナイフやフォークは扱えるが、

「この国は、何故《なぜ》指先に繊細な動きを求めるのだ……」

と、夜の勉強会でも既に何度も音を上げている。

これだけ仕事ができるようになっているのに、本当か？　と穿《うが》った見方をしてしまったこともあったのだが、子供用の練習用箸でやらせてみた時も、十分ほど眉間に皺《しわ》を寄せた真剣な顔で格闘した挙句、「イクマ！　指が！　攣った！」と本気で泣きついてきたので、たぶんこれは本当なんだろうと思う。

仕事は有能、日常ポンコツ。

これはマティアスだからなのか、同じ魂を持つ環季さんもそうだったのか。

俺には知る由もないことだけれど。


そんなある日の昼過ぎのこと。

ちょうど区切りの良いところで休憩しようと思った俺より先に、環季さんが立ち上がった。

「ふむ。コーヒーでも飲むか」

「あ、俺淹《い》れてきますよ」

「いい。これも鍛錬だ。イクマは側《そば》で間違いがないか見守ってくれ」

見目麗しい美人の上司にニカッと漢《おとこ》らしく（？）笑われて、俺はちょこちょこと後ろについて給湯室へとお供した。

最初の頃こそ「金魚のフン」や「黒魔女の愛人」などと揶揄《やゆ》されたこともあったけれど、環季さんの態度が誰に対してもフルオープンなおかげで、今の俺は「環季女史のペット」という程度の噂《うわさ》に落ち着いている。

(自分で言ってて情けない気もするけどな)

彼女自身はそんな噂を知ってか知らずか、俺をどこにでも連れて歩く。

俺もそれが当たり前の日常になっていて、ひとまず女子トイレ以外は断ることすらしなくなっていた。

それに、俺には彼女の日常生活で、気になることがまだあるのだ。

「さて、コーヒーは湯を沸かすのだったな」

給湯室に着くと、早速環季さんが銀色のケトルを手を伸ばす。

それから蛇口を捻《ひね》って水を出し、ケトルに注ぐ。

うん、合ってます。

ここまでは完璧。順調です。

「コーヒーの豆は、っと」

上の収納棚に入っている。

だが次の瞬間、環季さんはそこに手を——伸ばさずに、人差し指をピッと立てた。

「風の聖霊《ヴィルド》よ」

「だぁぁっ！　精霊使わないー！」

その指先を慌てて掴《つか》めば、ぶぉ、となびき掛けた風が霧散していく。

「おお、うっかりうっかり」

こんなところを誰かに見られたら、うっかりでは済まされない。

全く悪びれない環季さんの指の近くで、薄い水色の霧のようなものを纏《まと》った何かが戸惑うように飛んでいる。

「できることをすぐ精霊に頼む癖、直しましょうよ。ほら、この人達《たち》に帰ってもらってくださいってば」

「精霊は人ではないのだが」

「そういう問題ではなく」

いつか誰かに見られそうで気が気じゃない。

心配する俺を、環季さんがマジマジと見つめてきた。

「というかイクマ」

「なんですか？」

「君、普通に精霊の姿が見えていないか？」

「はい？」

言われて俺は目を瞬いた。

環季さんが人差し指で火にかけたケトルの近くを示す。

そこに浮かんでいるのは、先程の薄水色の小さなふわふわと、それから赤いふわふわだ。俺はごしごしと目を擦《こす》ってみる。もう一度見ても変わらずに、それはふわふわと漂っていた。はっきりと見える。

（あれ、これいつから見えてたんだっけ……なんか、だいぶ前から当たり前みたいに見えていたような……）

そういえば「精霊」というファンタジー用語も、当然のように使っていたかもしれないと改めて思った。これはヤバイ。だいぶマティアスに毒されている。

「え、いや、これって、貴女《あなた》が見えるようにしてるんじゃなかったんですか……？」

恐る恐る聞いた俺に、環季さんはあっさりと首を横に振った。

「そんなことはできない。精霊は当たり前に存在しているだけで、その姿を感知できるかどうかは、マナの性質によるものだからな」

マナの性質――

……うん、よくわからないけど、なんかそういうものなのだそうだ。

適当に頷《うなず》いてしまった俺の胸に、環季さんが手を当てる。

「そういえば、イクマはワームも見えていたな。君の中には解放されておらぬマナがたくさん眠っていたのだったか。そのマナが、これは、ふむふむ……」

そういえば、そんなようなことを、退院した日に言われたような気がする。

いきなり変なワームとかいう虫を見せられたことも思い出した。

「良いことを思いついたぞ、イクマ！」

「はい？」

と思ったら、環季さんが突然瞳を輝かせた。

こういう時の環季さんは、大抵良くないことを思いついている。

「今夜の勉強会から、私も君の先生になろう！」

「は？」

案の定、ちょっと俺の理解が追い付けない提案をしてくれる。

「精霊魔法を教えてやろうではないか！」

「はあぁぁっ⁉」

そして、こういう時の環季さんは決して意見を曲げはしないということを、俺はそろそろわかりかけている。

21. マティアス先生のマナ・レッスン

そうしてそれは始まった。

「えぇと……魔法って、そんな簡単にできるようになるんですか？」

「簡単ではないが、箸を使うよりは簡単だ」

絶対に嘘《うそ》だ。

「まずイクマ、マナが何かは覚えているか？」

「えぇと……」

確か、生命体の根源、とか言っていた気がする。

そして、それを使って精霊と契約をする……だったか？

「精霊と契約する時のエサみたいなものでしたっけ」

「ふむ。言いえて妙だな」

環季《たまき》さんは、顎に手を当てて、考えるように何度か頷《うなず》く。

「マナは誰しもが生まれ持っているものであり、その流れが肉体と精神を循環させている源のようなものだと捉えてくれ。マナは有機・無機問わず、物がこの世に誕生した瞬間から存在する起源である」

マティアス先生の講義は続く。

「そして、そのマナには、時として、特別な味が付くことがあるのだ」

「特別な、味？」

「イクマがさっき言ったであろう？　精霊と契約をする時のエサだと。魔法は精霊との契約でなされるもの。精霊好みの味付けのされたマナを持つ者だけが、彼らと契約を結ぶことができるというわけだ」

つまり、魔法を使うには、精霊にとって美味《おい》しい味のするマナを持っていなければならない、ということか。なるほど。それなら俺でもわかる。

「咲良《さくら》さんは？　魔法を使えないんですか？」

「サクラ――ああ、リドニアか。あやつは王国の騎士であったが、精霊は見えていないのだ。魔獣や魔物は常人でも見えるものだが、精霊はそもそも、精霊に選ばれたマナを持つ者でなければ視界に捉えることはできない」

環季さんの説明を聞いていると、何だか自分がちょっと選ばれた人間になった気がする。

「ちなみに、ワームのような小さな魔獣は、マナの保有量が少ないと感知すらできない。あれらが見えていたという時点で、イクマのマナはかなり多いとはわかっていたが、まさか精霊も見えるとはな。育成が楽しみだ！」

けれど期待増の笑顔を向けられて、俺はちょっと後退《あとずさ》った。

育成までは望んでいない。俺は魔法使いになりたいなんて思っていな――

「ではまず、体内のマナを感知する基礎から始めるとするか！」

あ、これ絶対話を聞かないやつだこれ。

「まずは己のマナを感じ、精霊と対話することが重要だ！　今夜は寝かさぬぞ！」

喜色満面でそう告げられて、俺は逃げられないことを悟る。

22．できると使いたくなるもので

あれから。

日常の勉強会はいつもそこそこに、俺はマティアス式スパルタ魔法訓練を強いられていた。何事も継続が大事だということで、毎日課業後、それから帰宅し、部屋で寝る前の十分間。

マティアスの指示に従い、マナの強化と精霊との対話スキルの向上トレーニングを行うのだ。

一、自分の中に流れるマナを感知して、
二、周りに流れるマナをできるだけ察するべく神経を研ぎ澄ます。
三、それができたら些細《ささい》なことでいいので精霊と契約をして魔法を発動。

豪快な字で紙に書いて渡されたものを、俺は自室の壁に貼っている。
正直最初は面倒臭かった。自分にできるとも思えなかった。
けれど、初めて精霊魔法が使えた日。
俺のテンションは、思い切り上がってしまったのだ。
自分の指先から風が出る——なんて経験は、一生ないと思っていた。
だから俺は、毎日毎晩、なんだかんだでトレーニングを続けている。
ここ最近は、そのおかげで変化も出てきた。例えば。
「あ、ごめんね。郁馬《いくま》君。そっちにクリップ転がっちゃった」
同期の姫川《ひめかわ》がそう言って、申し訳なさそうな顔を向けた時。
俺の机の足元に、資料を挟んでいたクリップが転がってしまったようだ。

覗《のぞ》き込んで見れば、クリップは机の端の奥にあった。

床に膝をついて、腕を伸ばさないと届かないところ。

正直ちょっと体勢が辛《つら》い。俺は一瞬考えて、指先に精霊を纏《まと》わせた。

「風の聖霊《ヴィルド》よ」

囁《ささや》くようにそう言うと、俺の指先にクリップが届く。

こういうことができるようになってしまったのだ。

（……うん。環季《たまき》さんに、すぐ精霊に頼るな、と言っていた俺は、この便利さを知らなかったんだな）

とはいえ、もちろんなんでもかんでも魔法に頼るなんてことはしないが。

何より、精霊魔法は使うとそこそこ疲れるのだ。

「それはそうだろう。対価として、我々は精霊にマナを供給しているのだ。マナは生命の源だと言ったではないか。減れば体は動かなくなる。再びマナを溜《た》めるには、自然の力に身を委ね、時が経《た》つのを待つしかない。ああ、大きな契約を結べば結ぶほど、対価のマナの量は多くなるからな。あまり安易に使うものではないぞ、イクマ」

戸棚からコーヒー豆を取りだすために使おうとした環季さんが、なんだがもっともらしいことを言う。が、つまりはそういうことなのだ。

だから基本は家でちょっと使うだけ。

少し灯《あか》りをともす練習をしてみたりするくらいの、つつましやかな鍛錬の日々が過ぎていき――

23. 願いがもしも叶《かな》うなら、人はそれを願うのか

その夜の勉強会は、いつものように彼女の部屋だった。

が、いつものように一緒に帰宅した環季《たまき》さんは、どこか心ここにあらずだった。

「環季さん？　気分が悪いなら今日は――」

「イクマ、少し話がある」

急に真剣な表情を向けられて、俺の心臓がドキリと鳴った。

いつものようにふざけて抱き着いてきたりもしない環季さんが、言葉を続ける。

「実は今日、私は時の精霊と契約を交わしたのだが」

「時の精霊？」

出てきたワードを繰り返す。

火水風土はゲームでもありそうな精霊だけど、時にも精霊が宿っているとは気づかなかった。

はぁ、と曖昧に頷《うなず》く俺に、環季さんは思い出したように簡単な説明を付け加えてくれる。

「会議の資料をどこに置いたのかうっかり忘れてしまってな。記憶を遡るために契約をしたのだ」

へぇ。時の精霊に聞けば記憶を遡れるということか。すごいな、と感心しかけて、

「いや、ちょっと待ってください……？　安易に頼りすぎじゃないですか？」

言ってくれれば資料くらい一緒に探した。

思わず胡乱気《うろんげ》な視線を向けてしまった俺を気にせず、環季さんは顎に手を当てて続ける。

「時の精霊と契約を交わした時、私は――信じられないことだが、一つの可能性を私の中に見つけてしまった。これを君に告げぬのは、騎士として、いや、一人の人間として正道に反すると思うから言う」

「え？」

重大な告白をするかのように、環季さんはそこで一旦言葉を切った。

それから大きく息を吸い、俺の目を真剣な眼差《まなざ》しで真《ま》っ直《す》ぐに見つめる。

「時の精霊が戻す記憶は、肉体に刻まれている事象の真実のみで、普通そこに感情が付随することはない。だが、私はその時……そこに君を想《おも》うタマキの気持ちを確かに見たのだ」

それは――つまりどういうことだ？

「資料は元々タマキが作成していたようでな。だから、この肉体が資料の存在を記憶しているのは当然で、おかしなことは何もない」

「はぁ……？」

「だが、私がその資料を手にした瞬間、会議に間に合うとホッとする感情を感じたのだ」

「えぇと……それは普通じゃないんですか？」

「何を言っている。私はカイシャの会議になど、間に合わなくとも問題はないぞ」

社会人としては絶対ダメな発言を、堂々と言ってのけた環季さんは真顔のままだ。

「だから、その思いはタマキ自身の思考回路で、私のものではない」

「えぇと――つまり、あの、それってどういう……」

環季さんは戸惑う俺を真っ直ぐに見つめ、それから「これはまだ可能性の話だが」ともう一度言った。それから、続ける。

「タマキはまだ、この肉体の中で生きているのかもしれない」

24．本当はずっと思ってた

意味がわからない。

いや、理解が追い付かないというのが正しいのかもしれない。

（環季《たまき》さんが生きている……？　いや、でも、環季さんが死んだから、異世界で死んだマティアスが環季さんの体に転生できたって話だったんじゃ……）

「これは推測だが、おそらく何らかの偶発的な事象が重なって、時空に歪《ゆが》みが生じたのかもしれない」

時空の歪み？　電磁波が宇宙の爆発で影響されてなんちゃらかんちゃらというやつか？　そういう専門的な知識のない俺には、やはりよく事態が呑《の》み込めない。

そんな俺の顔を見つめたまま、環季さんが続ける。

「私とタマキは同じ魂を有するもの。それは同じ時空に存在するなどありえない、同一の者という意味だ。リドニアがヴァルライド王国で死んだのは九十九の時と言っていた。が、私の享年は二十四だ。……リドニアが転生した先がサクラだというのなら、何故《なぜ》あの者だけ二十年以上も前にこの世界に生を受けたのか。何故私が今なのか。それも時空の歪みがあったと仮定すれば話は通る」

時空の歪みが発生したせいで、転生年代にバラつきが出たとかそういう話か。

「もしかすると、その歪みは大きくなっている可能性もある」

「ど、どういうことですか？」

「君も見ただろう？　街中に出たガリュードスを。あれは本来山深い奥地に出る魔獣。そもそもこちらの世界には存在しない。ということは、歪んで転生した私と、生来の転生者であるリドニアが出会ってしまったことで、歪みが増長したのかもしれない。いやはや、時空の神はきまぐれだな」

環季さんは、なんてことないように肩を竦《すく》める。

歪みが生じて、広がった……？

いや、そんなことより、つまりマティアスの死と環季さんの事故の間に、何か特別な事象が働いて、その結果、まだ死んでいない環季さんの体に、マティアスが宿ったということになるんだろうか。

「つまり、環季さんの体の中に、環季さんとマティアスがいる、ということに……？」

「うむ。そうなるな」

「環季さんは⁉　環季さんは今どうしてるんですか⁉」

さっき環季さん――いや、マティアスは、同一の魂を持つ者は、同一世界にはいられないと言った。じゃあ、今、環季さんは一体どういう状態なのか。

詰め寄る俺に、マティアスが静かな声で言う。

「眠っている、というか、魂を酷《ひど》く損傷しているので、意識を沈め息を潜めている状態に近いのかもしれない。私もまだ彼女と意識を共にできてはいないので、まだこの仮定が正しいと断言できはしないのだが」

すまない、と謝られて、俺はハッとした。

環季さんの体を、今動かしているのはマティアスだ。

彼はどういう気持ちなのだろう。

「も、もし、環季さんの意識が戻ったら貴方《あなた》は、マティアスは、どうなるんですか」

「それはわからない。だが、イクマ、君はタマキに会いたいだろう」

「え、いや、それは……」

生きていてほしいと思っていた。

環季さんを尊敬して憧れていたから。

でも本当にそれだけだろうか。

彼女がマティアスになるまで、ほとんど接点なんてなかった。

今の方がよっぽど距離が近いのは確かだ。

それでも環季さんに会いたいと思うのは、あの事故の時に動けなかった自分の罪悪感を軽くしたかったからじゃないのか。それに。

（環季さんを選ぶってことは、マティアスを選ばないってことになるわけで……）

環季さんが戻って、もしもマティアスが消えてしまったら、また前と同じ関係性になる。いや、それが普通だ。いまが普通じゃないんだ。だけど、でも——

「イクマは、タマキに戻ってほしくはないのか？　タマキが嫌いだった？」

「まさかそんな！」

「そうか。ならよかった。タマキは君を好ましく思っていたようだからな」

「いや、それもまさか。環季さんにとって、俺はその他大勢の部下の一人で」

「ここにはそう書いてないのだが」

「え――？」

差しだされたのは、黒い表紙の分厚い日記帳のようなものだった。

マティアスがパラパラと捲《めく》り、声に出して読む。

「『十月五日、斎藤君《さいとう》――これは君のことだろう？　イクマ――が宮根課長に詰められていた。聞けば、営業推進の問題点を会議で進言したのだとか。私的には全く問題ないと思うけれど、彼は根回しが苦手なようだ』」

「え？」

「『十月十八日、どう考えても、斎藤君は優秀だと思う。使える部下のはずだが、どうにも部署長との連携がうまく機能していないように思える。何故だろう。要経過観察』」

「あ、あの」

「『十月二十三日、なるほど彼は自分に自信がないようだ。不必要に謝罪の言葉を口にしている。挨拶？　そのせいで、舐《な》められてしまっているのでは？　謝るのは癖なのだろうか？　もったいない』」

そんなふうに思われていたとは知らなかった。

というか、環季さんが俺を認識していたなんて。

(ていうか、日記に書かれるほど覚えられていたとか……!)

顔から火が出そうだ。

「彼女が君を嫌っていないとわかっただろう?」

「ううわっ!」

顔を覗《のぞ》き込《こ》まれて、俺は上擦った声を出してしまった。

「あとはそうだな……ふむ。『十一月二日、街がクリスマスイルミネーションに彩られ始めた。仕事帰りが楽しみな季節。今年はあのビッグベアーを買うべきか……ベッドに置いたら絶対に可愛《かわい》い。モフモフしたい』」

「え?」

「『ブチかわチャームを買ってしまった。たまらない。鞄《かばん》につけたいが、私がすると似合わなすぎてブチかわに申し訳ない気がする。見えないように鍵につけよう。ああ、本当に可愛い。癒やされる。可愛い。本当好き』」

「んん?」

ブチかわは、女子に人気のブチ柄のゆるい動物達《たち》がモチーフのキャラクターだ。ぬいぐるみやチャーム、マグカップなどの商品展開が熱く、コンビニでもよくランダムクジの商品が出ている。

まさかあの環季さんがブチかわ好きだったなんて。いつもビシッとクールに決めて、ぬいぐるみやグッズなど興味もなさそうに見えていたあのクールなブラック上司が。ギャップがすごい。

「タマキは愛らしいものが好きなのだな」

開いて置かれた日記帳に、思わず目が行く。

さらっと見えただけでも「備品をピンクのファイルにしたかったが、統一性が図れないのでクリアにする。しかしライトイエローも捨てがたかった」や「フォーマルな服装を意識するなら黒。だが、オフィスの女の子達はみな華やかで可愛い。私もフリルのついたシャツが着てみたい。が、今更だろうか。黒のフリルならありだろうか」など、ギャップのある言葉が並んでいる。

「私も愛らしいものはどれも好きだ。やはりタマキも同じなのだな」

「てっきり、そういうものはあんまり好きじゃないんだと思ってました」

たぶん会社の人間はみんなそう思っているに違いない。

「タマキはカイシャで責任ある立場のようだからな。気を張っていたのやもしれん。自分には似合わない、などと思っているあたり、少々自己評価が低いのかもしれんな。なんだ、イクマ。君と似た者同士ではないか」

「……いや、魂が同じなら、マティアスもそういう傾向があるのかもしれないじゃないですか」

「私か？　ふむ。そういうことになるのか。ふむふむ」

俺の言葉にきょとんと目を瞬き、マティアスは考えるように首を左右に振る。

それから深く頷《うなず》いた。

「なるほど。そういう傾向はあるかもしれん。私には生まれ持った才と人格がある。努力が身になる運と実力を兼ね備え、家柄も申し分ないとなれば、妬む者がいても仕方ない。故に、私はいつも持たざる者の気持ちに寄り添おうと、自己を研鑽《けんさん》し、見つめ直すことを怠らないからな」

「…………」

「どうした、イクマ?」

「本当に、環季さんと同じ魂入ってます?」

「何故だ?」

自己評価の高さと実力が伴いすぎているとこうなるのか。

咲良《さくら》さんがマティアスを、『まっとうすぎて嫌いじゃないけど腹が立つ』、と言っていたのが、俺にもちょっとわかった気がした。

第2章　IFもしもの世界は果たして本当に幸せなのか？

25. 俺が本当に望むのは

まさかの可能性が示されてからも、日常が大きく変わることはない。

ただ、環季《たまき》さんの体の中に、マティアスではなく、本来の神川《かみかわ》環季の存在が戻るかもしれないというだけだ。

だけど、もしも環季さんが環季さんに戻れたら――……

彼女の体に入っているマティアスはどうなってしまうのか……

「……マ、イクマ、イクマ！」

「うわっ！　す、すみません！」

なんとなくそんなことを考えてしまっていた俺は、目の前でパチンと手を打たれて驚いた。顔を上げれば、むくれた顔のマティアスが俺を見ている。

「また、私とタマキのことを考えていたのだろう。真面目め」

「いや、だって」

「いくら考えたところでどうにもなるまい。タマキの存在が真に在るのか、まずはそこを確かめねば何にもならんのだぞ？」

「でも！　もし環季さんが元の体に戻ったら、マティアスは――」

「それでも、この体はこの世界のタマキのものだ。タマキの意識が戻るのであれば、私はそれを何よりも優先する」

なんでそんなにあっさり言い切れるんだよ。

それってもう一度、自分が死ぬかもしれないということなのに。

「女性は何よりも優先されるべき存在だろう」

ニカッと笑いながら、環季さんの姿でマティアスが言う。

俺は環季さんが好きだった。女性として――は、正直深く考えたことはなかったけれど、魅力的な人には違いない。そんなこと、思わないわけがないじゃないか。

綺麗《きれい》な黒髪、凛《りん》と伸ばした背筋、すらりとした手足に、蠱惑的《こわくてき》な唇。

切れ長でシャープな瞳に、黒で抑えても拭えない豊かな曲線。

（そういうこと――だけじゃなくて！）

だけど、そんな彼女のなかに宿ったマティアスと、短くない時を一緒に過ごして、俺は彼の魅力にも正直気づいてしまっているのだ。

マティアスは真《ま》っ直《す》ぐで、正直で、豪快で、すごくいい奴《やつ》だ。

それに実は寂《さみ》しがり屋《や》で、不安を人に見せられない可愛《かわい》いところもある奴で――

「あなたは、自分がいなくなってもいいんですか」

「むしろ聞きたい。君はタマキに戻ってきてほしくないのか？　それは何故《なぜ》だ？」

「俺は、そんな――……」

じっと見つめられて、思わず目を逸《そ》らす。

環季さんに戻ってきてほしくない？　そんなはずはない。

マティアスがいなくなることを、すんなり受け入れられていないだけ――

（本当にそうか……？）

なら、二人が同時に環季さんの体に存在できるとしたら？

（それなら――……いや、でも、そうしたら、環季さんの意識の時にもし――……）

ブワッと俺の背中を汗が伝った。

カンカンカン、という踏切の音が耳の奥で蘇《よみがえ》る。

ああ、そうか、と俺は思った。

環季さんが死んだと思ったあの時。俺はすごく後悔した。環季さんを救いたかった。手を伸ばしたかった。でも、俺は伸ばせなかった。戻れるなら戻りたい。環季さんを救いたい。そうして彼女を救えなかった、狡《ずる》くて情けない自分を――

なかったことにしたかったんだ。

「イクマ？」

「……俺は」

自分の醜さを認めるしかない。俺は手で両目を覆うようにして俯《うつむ》いた。

「あの事故の時、俺は動けなかったんです。怖かった。電車も——環季さんも。あんな大失敗をやらかして、カッコつけてもうどうにでもなれなんて自棄《やけ》になりながら、そんな自分が恥ずかしかった。情けない俺を——そんな情けないくせに——貴女《あなた》に情けないって思われたくなくて……！　もしかしたら、俺はどこかであの時、貴女がいなくなれば、もうこれ以上カッコ悪い俺を見られなくて済むって思ったのかもしれない。それで、俺は、わざと手を伸ばさなかったのかもって——」

「イクマ」

ふわりと柔らかく抱きしめられて、俺の慟哭《どうこく》のような言葉が止まる。

「あの鉄の乗り物は、私のマナを解放しても瞬時に止めるのは難しいぞ？」

……うん？　何を言っているんだ。

そう思うけど、マティアスがぽんぽんと優しいリズムで俺の背中を叩《たた》くから、言葉が出ない。

「それだけ驚異のものが迫っていたということだ」

そんなもの言い訳にならない。けれどマティアスは穏やかに続ける。

「命の危機が迫った時、人は自分を優先するものだ。死は怖い。失った先に何があるのかわからないからだ。それが普通で、そしてそれは決して恥ではない。自分をそう卑下しなくて良いのだ」

そう言って、俺の顔を覗《のぞ》き込《こ》んできた。フッと笑う。

「命を懸けても守りたいと想《おも》う女性と出会えば、その時は体が勝手に動くものだしな」

いかにも騎士らしいことを言って、マティアスが白い歯を見せる。

「少なくとも、私の中のタマキは、あの瞬間、君に悪感情など持ってはいなかった。それは断言できる。だがもしも謝罪で心が軽くなるのなら、それは彼女にすればいい」

今は聞こえていないだろう――そう言うと、一瞬だけ目を伏せて、

「そのためにも、君はタマキに会うべきだ」

「……いや、でも――」

マティアスは俺をもう一度抱きしめる。

「今のタマキが君を見たら、きっと、こうしたいと思うはずだ」

抱きしめ返したい。だけど、これはマティアスだ。環季さんの本当の気持ちはわからない。両手をワキワキとさせたまま、どうにか自制する。

だって、抱きしめ返してしまったら、自分を抑えられる自信がない。

「……いくじなし」

頑張って耐えていた俺の耳元に、マティアスがボソッと吹き込んできた。

「は――えっ⁉」

思わず声を出した俺から体を離せば、上目遣いのマティアスがいる。

「と、私の中のタマキならば、言いそうだが」

「かっ、からかわないでくださいよ⁉」

「続きがしたいのなら私でするか？」

「できるわけないでしょーが！」

「据え膳を食わぬとは難儀な男め」

ハッハッハ、と笑うマティアスが笑う。

「さて。では、タマキのマナを呼び起こす作戦会議でもするとしようか」

26. マナはいずこに

まだはっきりと自分の気持ちに整理がつけられたわけではない。

けれどもひとまず、環季《たまき》さんの魂の存在をもう一度確かめようということになり。

今夜の勉強会はその作戦会議の日となった。

「タマキの肉体に眠る彼女の記憶を呼び覚ますような、何かキッカケを与えてみるか。イクマ、タマキとの思い出を教えてくれ」

そんなもの、黒歴史以外にあるのなら、むしろ俺が教えてほしい。

思わず俯《うつむ》いてしまった俺の両肩を、マティアスが揺さぶる。

「まさか……ないのか？　君はタマキを好ましく思っていたのだろう？」

好ましくは思っていた——のは、もうこの際認めます。

だけど俺の一方的な思い出では、なんのキッカケにもならないと思う。

言《い》い淀《よど》む俺に、マティアスは信じられないとでも言いたげに首を振った。

「陰でそっと見つめたり、姿が見えたら今日は良い日だと思ったり、私生活が気になったりしたことはないのか……？」

なんでそんなヤバい男の妄想が、環季さんを呼び覚ますキッカケになると思ってるんだ。そりゃ、全くなかったなんて言わないけども。

でもそれは、彼女とどうこうなる自分を妄想していたわけじゃないし。

ていうか、ちょっといいな～とか思う相手がいたら誰でもするだろ。仕方ないだろ。俺だけじゃなかったはずだ！　第一、最後までは妄想すらしたことない。お触り禁止は守っていた。

――ということは、置いておくとして。

俺は咳払《せきばら》いをして、話を元に戻す。

「マティアスの方こそ、何かないんですか。環季さんの記憶は一応あるんでしょう？」

「むぅ……、だがこれは、断片的な状態保存というか、心の動きがわかる思い出のようなものではないのだ。いうなれば取扱説明書……。最初に君と出会った時も、私は名前しか知らなかったであろう。タマキと君との関係は、私が映像を見て感じた主観であって、タマキの真実かどうかはわからない」

人の行動を第三者的に見ているだけ、ということか。

「俺は、環季さんと個人的にやり取りしたことなんてないし、プライベートな話を電話やメールでする仲でもなかったし――」

そこまで考えて、俺はハッと閃《ひらめ》いた。

電話やメール、手紙、つまり何かに書いて残すもの。

「日記だ！」

マティアスが、なるほどと手を打った。

寝室から十冊ほどの分厚いノートを手にして戻ってくる。

「これか！」

「多いな⁉」

環季さんはずっと日記をつけていたらしい。これも意外な一面だ。

さすがに俺が読むのは気が引けたので、そこはマティアスに任せることにする。

文脈や言葉の意味がわからない時だけ、俺が説明する形を取る。

「イクマ、これはどうだ？『会議の席で、新人教育が進まないと本部長が嘆いていたが、私は本部長の社会の窓が開いていることが気になって、結局それを伝えられないまま会議が終わってしまったことだけが心残りだ』」

「ぶっは……、た、環季さん、あのクールな顔の下でそんなことを考えてることあったんですか」

思わず笑ってしまったが、これではキッカケには足りない気がする。

こんなんで記憶が刺激されて意識が戻るとは思えない。次。

「ふぅむ……『学生時代の友人とカラオケへ。幼児番組の曲しか歌えない私と演歌しか歌えない友人では、次の人が履歴を見た時に困惑するのではと思う』『久し振り休日にカフェに行った。あの店のケーキセットは美味《おい》しかった。また行きたい』」

どれも普通の日常に思える。

もっとこう、インパクトの強いものはないかと思っていると、マティアスが言った。

「これを再現してみるのはどうだろう」

「再現？」

「うむ。その時の記憶が刺激されて、思い出すものがあるかもしれぬと思ってな」

「なるほど……」

それも一つの手かもしれない。そうと決まれば実行だ。

27. 記憶を刺激するためのデート？

翌日の会社帰りにまずはカラオケ。

「今日はテージタイシャだぞ、イクマ！　ザンギョーは許さん」

「え、あれ……？　郁馬《いくま》君、環季《たまき》さんとどこかに行くの？」

帰り支度をしていた俺に、姫川《ひめかわ》が声をかけてきた。それに答えたのはマティアスだ。

「うむ！　イクマが二人で入れる個室を予約してくれたのでな――」

「えっ。こ、個室って――」

「ちょっと!?　環季さん!?」

誤解を生じさせる言い方だ。俺は環季さんの口を塞いで、口をパクパクさせている姫川に、カラオケに行くだけだと説明する。

「こ、今度！　私とも行かない？　こ、個室、私が予約するから！」

「そうだな。随分行ってないもんな。大和田《おおわだ》も誘って、また同期三人で遊ぼうな」

「朝陽《あさひ》も……だよね。え、えへへ……、うん、そうしよっか。や、約束だよ？」

「ああ、じゃあ、今日はお先に」

何故《なぜ》だかシュンとした姫川の頭をポンッと撫《な》でて、俺は環季さんとカラオケに向かう。

日記に書かれていた選曲を歌うマティアスは、なかなかどうして悪くない。

というか、環季さんの歌が上手《うま》い。新たな一面を知ってしまった。

かわりに音痴な俺の演歌メドレーで返して夜が更けて。

この日は結局、環季さんの魂に特に変化は訪れなかった。


その次は、仕事帰りにカフェでケーキセットを食べること。

スーツ姿のサラリーマンと、ビシッとフォーマルな黒い衣装で決めた環季さん――ことマティアスという不釣り合いな二人組に、視線をチラチラと向けられる。

知ってか知らずか、マティアスはニコニコと上機嫌だ。

「ほら、イクマ。あーん」

「いや、自分で食べられますから……むごっ」

無理やりフォークでケーキをぶっ込んでくる。

「そっちも美味《うま》そうだな。一口いいか」

「え、ああ、どうぞ――」

「あーん」

何でそうなる。

当たり前のように目の前で口を開けられて、俺は居た堪《たま》れなさ全開だ。

「あーん。ほら、早く。人が見ているぞ」

見られているから恥ずかしいんだということを、絶対マティアスはわかってやっているんだろう。目がニヤニヤと笑っている。

（くそっ、もうどうにでもなれ！）

意を決して、俺は自分の皿に載っているケーキをフォークで掬《すく》った。

口を開けて待っているマティアスに食べさせる。

「うむ。美味い」

唇についた生クリームをぺろりと舐《な》めて笑うマティアスは、絶対に確信犯だろう。


次の任務は休日に、人で賑《にぎ》わう場所でのショッピング。

隣町のモールで待ち合わせて、ベイエリアを潮風に吹かれながら景色を楽しむ。

環季さんは黒のモダンなワンピースにショートコートを羽織って、黒のベレー帽を被っていた。

「だが、タマキが何を買いたかったのはわからぬものだな」

「マティアスが欲しいものを見てみればいいんじゃないですか？」

魂が同じなら、心惹《ひ》かれるものも同じかもしれない。

俺の提案に、マティアスはいくつか回った雑貨店で、黒い柴犬《しばいぬ》のペイントがされたマグカップを手に取った。

「このムッと怒った顔に心惹かれる」

こういうのが環季さんの好みなんだろうか。

隣で覗《のぞ》き込む俺に、マティアスが「うむ」と鷹揚《おうよう》に頷《うなず》く。

「この犬の顔が、どことなく君に似ているからだな」

真剣な顔でそう言われ、俺はどういう顔をすればいいのかわからなくなった。

その後は二人で映画を観て（マティアスはポップコーンを抱えたまま途中で寝た）、ベイエリアのレストランで夕食を食べ（また「あーん」をやらされた）、夜景を見て（腕を絡めたまま）、帰宅するプランを遂行させせられた。

だけど、ケーキセットも休日デートプランも、環季さんの魂に変化は与えないようで。


「本当にここでやるんですか？」

ひたすらにそんなことを続けていたある夜の勉強会。

俺の魔法の成果が見たいというマティアスの要望で、俺は電気を消した室内にいた。

場所は勿論《もちろん》、環季さんのマンションのリビングだ。

「……いきます」

「うむ！」

期待の眼差《まなざ》しに緊張するが、俺は体内のマナを意識して、流れを確かめ、指先に集める。そうして頭の中でイメージを膨らませ、精霊にマナを解放する。

「点灯《ライディア》」

ぽうっと、指先に灯《あか》りがともった。

ちゃちなマジックのようでもあるが、なかなか様になってきたと思う。

「おお！　すごいぞイクマ！　この調子なら、魔獣討伐もできそうだな！」

灯りがつけられたくらいで倒せるわけはないのだが、べた褒めされて悪い気はしない。

調子に乗って、俺は今度は火の精霊に集中してマナを解放してみる。

「炎《ファイオ》」

今度はさっきより大きめな火炎が掌《てのひら》に集まった。

おお、思っていたよりもちゃんとした火が出た。ちょっとカッコイイ。

マティアスも、少し目を見開いて驚いている。

「やはり素質があるのだな。この土地では精霊の数も少ないが、我がヴァルライド王国におれば、もっと大きな魔法も使えるようになるだろう」

日本で使ったら、すぐ大問題になりそうだから、使えなくても問題はないが。

けれどもやはりちょっと疲れた。

魔法にはマナの消費が必要で、マナには限りがある。ゲームに例えるなら、使うだけＭＰが減っていく、というやつだ。

明日も仕事のある俺は、これで帰ることにする。

玄関先で靴を履いたところで、マフラーをソファに置いたままだと気がついた。

「あ、マフラー」

「ああ、取ってくる。待ってろ」

「すみません、ありがとうございます」

マティアスがパタパタと部屋の中へと戻っていく。

すぐに手にマフラーを持って戻ってきて、

「待たせた、な――うわっ」

「あぶなっ！」

無造作に持っていたマフラーの裾を踏んづけたらしい。

バランスを崩したマティアスに、俺は咄嗟《とっさ》に両手を伸ばした。

抱き寄せた彼女の体を受け止め切れずに、尻もちをついて目を瞑《つぶ》る。

床についた尻が冷たい。同時に、唇にふわりと優しい感触があった。

これは、まさか。

「…………」

「…………」

俺達《たち》は二人同時に、目を開けて。

「うっわ――――っ！」

俺は悲鳴を上げて体を離した。

玄関先で、ハプニングキス。環季さんとキス――

いやいや、これは不可抗力だ。そもそも中身はマティアスだ。ノーカンだ。

きっとマティアスはニヤニヤしながら俺の態度をからかってくるに違いない。

いつもの様子を思い出し、俺は内心でクソッと毒づきながら立ち上がった。

いつも俺だけ右往左往させられる。

たぶんそれは、環季さんが相手でも同じだろうが、何だかちょっと悔しい気もする。

冷静な振りをして、俺はゴホンと息をつき。

「す、すみません。取り乱しました」

「………」

しかしマティアスは黙りこくり、じっと床に座ったままだ。

「マティアス？」

立てないくらい、笑いを堪《こら》えているのだろうか。

胡乱《うろん》な視線をやってよく見ると、俯《うつむ》いたマティアスの耳が赤い。

（そこまで笑わなくても！）

俺は羞恥と悔しさで、唇をぐっと拭ってマティアスの手を引く。

「もういいでしょ、立ってくださ」

「きゃっ」

「いって――……、きゃっ？」

聞いたことのない声だった。いや、正確にはいつも聞いているマティアスの――いや、環季さんの声だけど、聞きなれない台詞《せりふ》だった。

「マ、マティアス……？」

俺に細い手首を取られているマティアスは、すっと顔を伏せている。

長く艶やかな黒髪から覗く白い頬《ほお》も、首筋も、何故だか全部真っ赤だ。

（え）

なんだこの反応。どういうことだ。

マティアス――じゃないのか？　だったら一体これは誰で――

「さ、斎藤《さいとう》君、近い……」

「たっ！」

環季さん――!!?

驚きすぎて、俺はその手を離してしまった。

途端によろけた環季さんを、慌てて再び支え直す。

と、その体が、ふるふると微《かす》かに震えている。

「あ、あの、た、環季さんですか……？」

恐る恐る話しかける。

すると、環季さんは俺の首にするりと腕を回してきた。

（え――、え⁉︎）

しなだれかかるようにしたかと思うと、戸惑う俺に鼻先をくっつけ目を合わせ。

「いかにも、私はカミカワタマキ」

「――――」

俺の緊張と興奮に利息をつけて返せ、マティアス。

ガクリと力の抜けた俺に、マティアスがカラカラと笑い声を立てる。

「はっはっは。そう気落ちするな。一瞬だったが、やはりタマキの魂はこの肉体に留《とど》まっておったではないか。いやあ、良かった良かった」

「でも、でも今なんで――」

偶発的なキスをしただけだ。環季さんを眠りから覚ますには、体に残った記憶を刺激するというのがマティアスの推測だったはずで、俺達《たち》の過去にそんなラッキーハプニングはなかったのに。

「ふむ。なるほど」

俺の疑問にマティアスは少し考えて、それからポンと手を打った。

「イクマ」

「は、はい」

「一発ヤるか」

「そんな言葉を環季さんの唇から言われたくなかった！」

あまりに品のない言葉を憧れの上司の唇から紡がれて、俺は玄関の壁に頭を打ちつける。けれどマティアスは至極真面目な顔で説明を始めた。

「何も行き当たりばったりで言っているわけではないぞ？　魂を刺激して眠りから覚ますためには、記憶を刺激するのが良いと思っていたのだが、今、イクマとのキスで、タマキは一瞬引き戻されたではないか。なるほど、この肉体への刺激が手っ取り早いのかもしれぬな、と。ということでだ」

後ろから、俺の肩をポンと叩《たた》き。

「ヤるがダメなら、まぐわろう」

「もっと聞きたくなかったー！」

叫びながら両耳を塞ぎ、俺は泣きながらそう叫んだのだった。

28. 給湯室は波乱の幕開け

翌日の朝。

「ということで、今週末は遊園地に行くぞ！」

「何が、ということで、なんですか」

出社早々、給湯室の壁際でドンされて、俺は両手を上げていた。

昨日あれから、なんだかんだと玄関先で肉体関係を迫ってきたマティアスをどうにかこうにか振り切って、俺は這《ほ》う這《ほ》うの体で難を逃れた今朝が、これだ。

いや、別に本気で嫌なわけじゃない。

俺も男だし、最近そういうのご無沙汰だし、できるものならそりゃしたい。

あんなラブコメ漫画もびっくり路線の典型的なラッキーハプニングなんて、人生でそうそうあり得ないこともわかっている。

環季《たまき》さんの唇はとても柔らかかった——ではなくて。

「昨日は抱いてくれなかったのでな」

「わーっ！　そういうことを社内で大声で言わないでください！」

いきなりさらりと問題発言をかまされて、俺は慌てて周囲を見回した。

良かった。まだ誰もいない。

「もう一度キスでもいいぞ、と妥協してやったのにそれも拒まれ傷ついた私はだな」

「だからー！」

人の気も知らないで、マティアスは滔々《とうとう》と話し続ける。

あの日のことを環季さんときちんと向き合え、と言ったくせに、その彼女を起こすために肉体関係を結んだりしたら、意識を取り戻した環季さんに完全に白い目を向けられるだろうが。謝る資格を永久剝奪《はくだつ》。そんな危険は冒せない。

「一人寂しく夜通し日記を読《よ》み耽《ふけ》っていたところ、タマキが遊園地でデートをするのが子供の頃からの夢だった、という記述を見つけたのだ」

「へ……？　夢……？」

突然の可愛《かわい》らしい展開に、俺は気を取り直してマティアスを見た。

「ふむ。だがまだその夢は達成できていない、とのことだったのでな。肉体での刺激がダメなら、夢を叶《かな》えるという方向で刺激を与えてみてはどうかと思ったのだ」

「な、なるほど」

それは良い案かもしれない。

「おはようございます。またどこか行かれるんですか？」

頷《うなず》きかけた時、ひょっこりと咲良《さくら》さんがやってきた。

「うわっ、咲良さん⁉　ど、どこから聞いてた？」

「……聞かれてまずい話をしていたんですか。それとも行為を？」

ジト目を向けられて、俺はひゅっと息を呑《の》んだ。

「し、してないしてない！　何もしてない！」

「昨夜拒まれたばかりだ」

「え」

拒んだけれども！

「マティ——環季さん⁉　違う、誤解だ！　ただ週末遊園地に行こうって話で——」

さらりととんでもないことを言う環季さんの発言を、なんとか誤魔化《ごまか》そうと必死になる。

咲良さんは、更にジトッとした目を俺達《たち》に向ける。

「なんで遊園地なんですか？　二人で？　……やっぱりお二人は」

「違うんだって――」

「――郁馬君《いくま》？　どうしたの、こんなところで大きな声――って、環季さん！　と、咲良ちゃんも？」

「姫川《ひめかわ》！」

騒ぎすぎていたせいか、姫川までもやってきてしまった。

俺の代わりに咲良さんが、ずいっと姫川の前に出る。

「おはようございます。郁馬先輩、週末遊園地に行きたいんだそうです」

そんなことは言ってない。だが訂正する前に、姫川が瞳を輝かせて俺を見た。

「そ、そうなの⁉　私もずっと行ってないなぁ、遊園地」

チラリとマティアスを見るが、何故《なぜ》か半眼《はんがん》でこちらを見ている。

助けてくれる気はないようだ。咲良さんはと様子を見たが、平然と「私もずっと行ってませんので、行きませんか、皆さんで」なんてとんでもないことを言いだした。

「いいですね！」

姫川がポンと両手を打つ。

いやいやいやいや。これは単なる遊びではなくて、環季さんの魂の問題の話なんだ。

けれどそんなことを言えるわけもなく、盛り上がる女子ーズを見守ることしかできない。

「では、週末。そういうことで」

「あっそうだ。ねえ郁馬君。せっかくだから朝陽《あさひ》も誘って、咲良ちゃんも、誰かお友達誘ってトリプルデートって感じとかも楽しいよね」

「いやいや、トリプルデートって――」

さすがにないだろと言いかけて、俺はハタと気づいてしまった。

わざわざ大和田《おおわだ》を呼んでデートって、そうか。そういうことか。

（姫川は大和田のことが好きだったのか！）

それでこの機に乗じてせっかくだから、いい雰囲気に持っていきたいと。

（そういうことなら、同期として一肌脱いでやるのも仕方ないか……あ！　あとでマティアスにだけはそのことを教えて――）

などと同期の恋愛話を考えていた俺の腕を、咲良さんがぐいっと引いた。

「え、なに。どうし――」

「あ、私、この会社に友達いないいんで郁馬先輩で大丈夫です」

「ほう？　イクマで大丈夫、とな……？」

それまで黙っていた環季さんが、ゆっくりとそう言った。なんだか妙に声のトーンが低い。

恐る恐る振り向けば、環季さんはニッコリ笑ってこちらを見ていた。

だけど、その目が笑っていない。

「た、環季、さん……？」

「イクマはそれでいいのだな？」

「え、ええと……」

「郁馬君？」

状況がわかっていない姫川は、きょとんとした顔でこちらを見ている。

俺の癒やし、ポメラニアン姫川。

「いいですよね、郁馬先輩」

この状況を作り上げた真犯人は、何故だか更に腕を絡めてそう言った。

「ほう？　なら全員で行くか？　遊・園・地・デ・ー・ト」

「ふぉっ！」

最後をやたら強調したマティアスが、背後から俺の肩にポンと手を置く。

体を押さえつけるようにくっつけられて、豊満なバストが背中に当たった。

だけどそれより、シャツの上から爪が肩に食い込んでくる。

（いいいいたっ！　痛いっ！　でもなんで⁉）

涙目になりながら、ギリリと歯を食いしばる俺の頭には、クエスチョンマークが乱れ飛んでいたのだった。

29. いざ、遊園地

給湯室で、何故《なぜ》か俺が肩に爪痕を残された日から五日。

「おおーっ！　観覧車大きい〜！」

「晴れてよかったですね、郁馬《いくま》先輩」

やってきました、遊園地。

「本当だなー。ね、環季《たまき》さん」

「おおむね、同意だ」

空を見上げたまま、ツバ広のキャップを目深に被ったマティアスが言う。

だけどあれから口調は何故だかずっと冷たい。

楽しそうに園内のマップと睨《にら》めっこしている姫川達《ひめかわたち》を横目に、俺はボソボソと小声でマティアスに話しかけた。

「あの……なんか怒ってます……？」

こういう時、取り成しが一番上手《うま》いだろう大和田《おおわだ》が、当日に体調不良で不参加となったのが地味に痛い。

「別に怒ってなどいないが。イクマは私を怒らせるようなことをしたのか？」

「え〜……」

そういう聞き方を女性がする時は、絶対怒っている時だ。

そして適当に謝ったら最後、たぶん一番怒られるやつ。

「神川《かみかわ》部長、怒ってるんですか？　郁馬先輩と二人で来られなかったから？」

内心で頭を抱えていると、咲良《さくら》さんがするりと間に入ってきた。

気のせいか？　なんだか言い方に棘《とげ》がある。

マティアスの放つ空気が三度くらい一気に下がった。

「リドニア、貴君は――」

「私は佐加野《さがの》咲良です、神川環季部長」

「サクラ、これはタマキに関わる大事でな――」

「じゃあそれ郁馬先輩から聞きます。お借りしますね」

「は？」

「――おわっ！」

そう言うなり、いきなり走り出した咲良さんに手を引かれ、

「へ？　え？　咲良ちゃん？　郁馬君⁉　どうしたの――」

「俺にもわからないー！　ごめん、二人で回ってて、すぐ戻るからー！」

ほとんど拉致されてしまったのだった。

「郁馬先輩、女の子と二人で抜けて『すぐ戻る』って結構ダメ台詞《ぜりふ》ですよ？　ヒロインの相手役だったら炎上案件です」

「ええと……すみません……？」

なんで怒られているんだろう。

頭の中を疑問符で埋め尽くしながら、俺は今、咲良さんとメリーゴーラウンドのかぼちゃの馬車

に並んで座って揺られている。

「さっきのなんですか？　『タマキに関わる大事』って」

「あ、ええと、それは――」

事の経緯を、かいつまんで説明する。

マティアスがこちらの世界に転生した際、時空の歪《ゆが》みが発生していたらしいこと。

その結果、環季さんの体の中には、今、マティアスと環季さん二人の魂があるらしいこと。だけどまだはっきりと覚醒していないから、彼女の体や記憶を刺激することで、目覚めさせようと、色々試していることなどを。

勿論《もちろん》キスのことは有耶無耶《うやむや》にして誤魔化《ごまか》したけど、大体の要点は説明できた。

話を聞き終えた咲良さんは、何だか不機嫌な様子でため息をこぼした。

「……マティアスなら、自分が消えることになっても神川部長に体を明け渡すべきだとか言いそうですね」

「さすが盟友。あの人のこと、わかってるんだなぁ」

「やめてください。私、あいつのそういう本気の善人面も大嫌いだったんだって、今思い出してるんですから」

眼鏡《めがね》の縁をクイッと押し上げて、ツンと顔を背けられる。

「まあでも、横入りしてこの世界に転生したみたいなものなので、仕方ないと私も思いますけど」

辛辣な憎まれ口を叩《たた》きながらも、不満は顔に現れている。

環季さんとマティアスと。

一つの体に一つの魂しか入れないのなら、どちらかを選ぶしかない。

一人が消えて良いと思っているなら、俺達にはどうしようもないことなのだと、きっと咲良さんもわかっているのだ。

何も言葉にできないまま、流れる景色を見ていると、不意に咲良さんが口を開いた。

「でも、神川部長が戻ってきたら、郁馬先輩はどうされるおつもりなんですか？」

「どうするって？」

「神川部長とはる先輩、どちらを選ぶおつもりなのかと」

「姫川？　なんでそこに姫川が出てくるんだ？」

出てきた名前に俺はハテと首を傾《かし》げる。

「は……？　もしかして、はる先輩の気持ちに気づいてないんですか？」

咲良さんは、信じられないものを見る目で俺を見た。

「ウソでしょ……？」

黒縁眼鏡の縁を何度もカクカク動かす咲良さんは、呆然《ぼうぜん》とそう呟《つぶや》いた。


メリーゴーラウンドから解放されると、環季さんと姫川は、近くのベンチに二人で座りソフトクリームを頬張《ほおば》っているところだった。戻った俺をちらりと見た環季さんが、咲良さんに話しかける。

「サクラは馬に騎乗するかと思ったが、カボチャにしたのだな」

「生きてる馬以外に別に興味はありませんので」

「え、咲良ちゃん、乗馬できるの？　すごい！　かっこいいね～」

「ハル！　私もできるぞ！」

「そうなんですか⁉　二人ともすごい～！」

異世界事情を知っている俺だけがちょっとハラハラしてしまう会話だが、事情を知らない姫川は単純に二人に感心しているようだった。

「はる先輩、郁馬先輩。今度、一緒に乗馬に行きませんか」

「む！　私にだけ声をかけないとは、臆したか！」

「何を言っているんですか。現代日本で王国のような馬術大会はありませんし、そもそも貴方《あなた》は純粋な騎馬戦に出たためしがなかったじゃないですか」

「仕方ないではないか。転生前は魔法騎士だったのだから、馬術は精霊との――」

「ちょちょちょちょちょっ」

会話がヒートアップしていくと、ファンタジーワードが乱舞していく。

慌てて止めようとするより早く、姫川が「えぇと」と口を開いた。

戸惑うように二人の顔を見比べている。

「何の話……？　王国、転生前とか、魔法……？」

「ひ、姫川、これはその――」

しどろもどろになる俺を横目に、咲良さんが息を吐く。

「ゲームの話ですよ。昔やってたソシャゲです。最近神川部長が一時期パーティーを組んでいた人だったとわかったのでつい。神川部長がアカウントを削除するって聞いて、私はとっくの昔にしてましたという話をしたところだったんです。すみません、昔の話を今更」

絶妙に現状を絡めた説明を、現代に即して誤魔化してくれる。

姫川は「そっかぁ」と納得したらしい。

「郁馬君も知ってるゲームなの？」

「あー、俺は……ちょっと話を聞いたことがある程度、かな」

頬を掻《か》きながら俺も誤魔化す。と、姫川がパチンと両手を打った。

「あ、ねえ、次みんなでコーヒーカップに乗らない？」

「私酔うのでパスします」

即座に咲良さんが拒絶する。

「なら私が」

「郁馬先輩、お二人で乗ってきたらどうですか。私、神川部長ト、オ話シシタ一イ」

「おい、サクラ――」

一歩出かけた環季さんの手を強引に引いて、今度は環季さんが拉致られていく。

取り残された俺達はそんな二人を呆然と見送り、ひとまずコーヒーカップに乗ることにした。

回り出したコーヒーカップの中で、姫川がハンドルをぎゅっと握る。

「ね、ねえ、郁馬君。聞いてもいい？」

「ん？　どうした？」

顔を向けると、姫川の頬が何だか少し赤くなっている。

熱でもあるのかと心配して顔を近づけると、姫川は意を決したように口を開いた。

「郁馬君って、今、付き合ってる人とかいますか！」

「俺？　いや、いないけど……」

答えながら気づいてしまった。

なるほど。これはまさかの恋愛相談というやつだ。

大和田の話を振る前に、ワンクッション置いたわけだな。

なんだかんだと勝手知ったる同期への恋。いきなり本題に入るのは恥ずかしいのだろう。

「そ、そうなんだ～！　良かった。じゃあね、じゃあね、す、好きな人とかは？」

「好きな人？」

素直に大和田の話をすればいいのに。

そんなことを思いながら、咄嗟《とっさ》に頭に浮かんだのは、環季さんの顔だった。

（いやいやいや！　待て、違う、環季さんはそういうんじゃない。尊敬。憧れであって、こないだキスとかしたから考えちゃうだけで――）

自分の思考で、あの夜の唇の柔らかさが蘇《よみがえ》ってきてしまった。

キス、したんだよな、俺。環季さんと。

（――いや違う！　あれは断じて環季さんとじゃない。しかも合意の上でもない！　あれは事故だ。事故でマティアスとしただけだ！　でもあの時は環季さんになってたんだよな……あれ？　キスの時？　それとも後か……？　ん？　もし前だったとしたら、それは環季さんとキスしたってことになるんじゃないのか……？）

その可能性に行き着いた俺の顔が、ぶわっと一気に熱くなる。

「……そっか」

咄嗟に口元を覆った俺に、姫川が何かを堪《こら》えるような笑顔を見せた。

何だか少し泣きそうになっているように見える。

「んぁ⁉　え、な、なに？　どうした姫川？」

「あ、ううん。何でもないの。ごめんね、忘れて？」

「え？　何を？」

「ああもう！　いいから！　郁馬君、回そう！」

言うなり、姫川はハンドルをぐるぐると高速回転させ始めた。

（うおぉぉっ⁉　コーヒーカップってこんなに回るものだっけ⁉）

ぐるぐるぐるぐる。

ぐるぐるぐるぐるぐるぐるぐるぐる。

ファンシーな曲にそぐわない暴力的な回転がしばらく続き。

ようやく音楽が止まった時には、俺の目玉の回転は全く止まらなくなっていた。

「情けないですね、郁馬先輩」

「面目ない……」

ヘロヘロになって降りてきた俺に、マティアスが驚き、水を買ってくると走っていって。泣きそうな顔の姫川も、慌てて彼女についていってしまった。

追いかけることもできずに、今、俺はされるがまま。

瞼《まぶた》を閉じても回る世界のベンチで横になっている。

「青空のもと、後輩女子の膝枕プレイはいかがですか」

「面目ないですすみません……」

介抱してくれている咲良さんに、どうぞと言われるがまま倒れ込んだら、膝枕だったということは、この際俺にはどうしようもない。

柔らかい太ももは本来ありがたいだけの存在のはずだが、今は三半規管を休ませるために必要な道具くらいにしか思えないのも、心の底からどうしようもない。

「そういえば、神川部長とついに性交渉をしたんですってね、郁馬先輩」

「は、え⁉　そこまではしてない――うっぷ……」

聞き捨てならない誤解を解こうと思った俺は、口を押さえてへたり込む。

「へー。『そこまでは』ですか。ではやはり、その手前まではしたと」

ジトッとした声が上から降ってくる。

俺は目の上に腕をやると、観念して息を吐いた。

「……さっき、マティアスとその話をしてたんだ？」

「頑《かたく》なに答えてくれませんでしたよ。それは神川部長のプライベートだからって」

神川部長のプライベート――ということは。

あのキスの時、意識は既に環季さんだったということで……？

「イクマ！　無事か⁉　ほれ、水だ！」

「うぼぁっ！」

と、突然頭から冷たい水が降ってきて、俺の顔は水浸しになってしまった。

「きゃああ、環季さん、掛けるんじゃなくて飲ませてあげてください！　郁馬君、大丈夫⁉　咲良ちゃんもびしょびしょ！」

「さいっあくですね、この似非《えせ》転生者が……っ」

「さ、さくら、さん、ちょ、たまきさん、も、おちついて……」

俺の頭を膝から落として、咲良さんが立ち上がる。

姫川がオロオロと二人を見ている。

ああ、ヤバイ。またおかしなことを言いだす前に俺がどうにか止めないと。

具合の悪さと戦いながら、俺は二人の間に入ったのだった。

30. トリガーはなんだ？

眩暈《めまい》も取れ、シャツがようやく乾き始めた頃。

「……ふむ。あれはどういう乗り物なのだ？」

ジェットコースターを指さして、マティアスが俺に聞いてきた。

「スピードや高さでスリルを味わう乗り物ですね」

「おお！　飛行術の施された魔法具のようなものか！」

「まほうぐ……？」

気を抜くと、すぐにファンタジーワードを使う環季《たまき》さんに、姫川《ひめかわ》がきょとんと目を瞬く。すかさず咲良《さくら》さんが口を挟んだ。

「郁馬《いくま》先輩と乗ってきてください。私ははる先輩とミラーハウスに行ってきますので」

「え？　え？　咲良ちゃん？」

今度の拉致の犠牲者は、姫川らしい。

誤魔化《ごまか》し方が上手《うま》いのか強引なのかわからないが、さっさと行ってしまった咲良さんの背を見つめ、俺は環季さんとジェットコースターに乗ることにした。

回転のないコースターだから、もう目は回らないはずだ。

安全バーが下ろされて、コースターはガタンガタンとゆっくり上へ登っていく。

「ほう。なかなか良い景色だな、イクマ」

「子供の頃は苦手でしたけど、大人になってからは乗れるようになりましたね」

「ほう、そういうものなのか。……なるほど、ここから降りるのか」

マティアスがそう言ったのとほぼ同時に、コースターがスピードを上げて落ちてゆき——


「……大丈夫ですか？」

「ぐぅ……っ、不覚！　こ、腰が抜けるとは騎士の風上にも置けない……！」

ベンチでガクリと項垂《うなだ》れるマティアスの手に、冷たいジュースを渡す。

落下を始めた瞬間から大人しくなったと思っていたら、恐怖で声が出なかったらしい。そうとわかったのは、ジェットコースターが終わった時だった。

顔面蒼白《そうはく》のマティアスは、降車の時に一人で降りられないほどになっていたのだ。

「大丈夫ですって。俺、誰にも言いませんし」

「うぐぅ……」

マティアスとしては、相当恥ずかしいらしい。俺にとってものすごく意外だった。

精霊魔法で空を飛べてしまう人間が、高所からスピードをつけて落ちる乗り物ごときで、まさかそんなことになるなんて、一体誰が想像できる。

「いやしかし、ぐっ……、これは、言い訳だが、王国にいた頃の私なら、ここまで恐怖は感じなかったと思うのだ。この程度の傾斜やスピードは、魔獣軍との戦いでなかったわけでは……ということは、だ。やはり私の中のタマキが、これに慣れていないのではないかとだな」

「なるほど。まあ――言い訳ですよね」

「うぐぅ……っ、今日のイクマは意地悪だなっ」

ジュースに口をつけながら上目遣いで睨《にら》むマティアスに、俺の頬《ほお》が勝手に緩む。

意地悪をしたつもりはなかったが、こんなに弱っているマティアスは初めてで、ちょっと面白いと思ってしまったのは仕方ない。それに、だ。

「環季さんがこういうのを苦手だったかもっていうのも新鮮でした」

「新鮮？　何故《なぜ》だ」

「環季さんってもっとこう、『スピードはもっとあっても大丈夫』みたいなことを言うタイプかと思っていたんで」

遠くから勝手に憧れていた環季さんの実態を俺は何も知らないから。

何事にも動じない神川《かみかわ》環季という人の虚構を、勝手に自分の中に作っていた。

彼女の中にマティアスが宿ってから知る環季さんの魂は、こんなにも表情が豊かだったのかと、毎日俺は驚かされている。

「情けないということか……」

だけどマティアスは悪い意味で受け取ったらしい。俺は全力で否定する。

「いやいやいや。全然そんなことないですって！」

「しかし、イクマは今意外だと」

「可愛《かわい》いってことですから！」

「――」

断言すると、マティアスの文句が止まった。

また怒らせたのかと思い、俺は恐る恐るマティアスを見る。

「マティア――……」

名前を呼びかけて、俺は自分の目を疑った。

顔が真っ赤だ。瞳もなんだか潤んでいる。

「え……？　環季、さん……？」

俺は思わず彼女の肩に手を置いた。

（めちゃくちゃ可愛い――）

ではなくて！　これは、この表情は、やっぱりまた環季さんに戻って――

「違う。私はマティアスだ」

ないんかーい！

両手で頬を押さえて言われ、俺は思わず心の中でそうツッコんでしまった。

じゃあ、なんでそんな表情をしてるんだ。誤解必至の凶悪さだ。

だがマティアスは、混乱しているのか頬を押さえたまま顔を振る。

「――何だ？　急に羞恥が湧いてきて止まらないのだが！　これはタマキの感情か？」

ブツブツと何やら呟《つぶや》いて、ハッとした顔で俺を見る。

「なるほど、イクマ。タマキは君の言葉にも反応することがあるようだ！　よし、もっと何か言ってみてくれ！」

「え？　は？　な、何を言えば……？」

「何でもいい。女性を褒める愛の言葉だ」

戸惑う俺に、マティアスは鬼気迫る顔で「早く！」と言う。

「え、ええと、か、可愛い！　です、とか」

「さっき聞いた。二番煎じは最悪の手だぞ、イクマ」

「き、綺麗《きれい》ですね⁉」

「語尾を上げるな。かように心ない言葉では、何もないのと同じで失礼に値する」

マティアスのダメ出しに心が奮起していく。俺はキッと彼女を見つめ。

「素敵です！」

「もう一声！」

「足が綺麗ですね！　あと胸がデカい！」

「素直すぎる！」

これならどうだ！

「貴女《あなた》が好きです！」

「――――」

その言葉を言った途端。

ボン、と顔から音が出るのではないかと思うほどの勢いで、彼女の顔が赤になった。

「え、大丈夫、ですか……？」

「…………」

「マティアス？　いや、……え？　環季さん……？」

「……イクマ」

その呼び方で、マティアスのままなのはわかった。

だが、頬の色はかなり大変なことになっている。

「違う、が、そうだ、というのが正しい。今私は、君にとても惹《ひ》かれているようだ」

真っ赤な顔で、潤んだ瞳で、マティアスが俺を見つめて言う。

「触れてもいいか……？」

そう聞かれて、答える代わりに勝手に俺の手が動いた。

その手が触れる寸前――彼女が突然後ろを振り向く。

「ちょっと待て！」

「え――」

真剣な声で制してくる彼女の目は、遠くの方を見つめていた。

と、突然悲鳴が聞こえてきた。

「なんだ!?」

俺も声のした方に視線を向ける。

見ると、人がバタバタと駆けてくる。その中に姫川と咲良さんがいた。

「サクラ、ハル！　何があった⁉」

先に動いたのはマティアスだ。俺もすぐに側《そば》に行く。姫川は膝にうっすら擦り傷ができていた。

咲良さんは、頬に紙で切ったような傷がある。

「あ、あのね、何だか鏡がぐにゃって歪《ゆが》んだ気がしたの。そうしたら、上から何かが落ちてきて、それでびっくりして走ったら転んじゃって……」

怪我《けが》をしたという姫川の説明に、俺はマティアスと目を見合わせた。

カタカタと震える姫川を支える俺の横で、マティアスが小声で咲良さんを呼ぶ。

「サクラ、まさかとは思うがこの気配は……」

「わかりません。ガリュードス――イノシシのような姿が鏡の中に見えた途端、周りでも悲鳴が上がって……。今は立ち入り禁止になっていると思います」

ミラーハウスにガリュードス⁉

ガリュードスを咲良さんが見間違えるわけがない。

日本の遊園地は安全対策がしっかりなされていることでも有名だ。

上から何かが降ってくるミラーハウスなんて絶対におかしい。

「……イクマ」

それはつまり、魔獣が現れたということなのでは――

「私達《たち》、救護室で傷の手当てをしてもらってきますね」

咲良さんが俺の代わりに姫川を抱く。

目顔で合図を送られて、俺とマティアスはミラーハウスへと顔を向けた。

31．魔獣現る

到着したミラーハウスの周りには、既に立ち入りを禁止するテープが貼られていた。

やはり何かが起こっている。マティアスは難しい顔をして、俺に尋ねる。

「イクマ、結界は張れるか」

「人生で一度も張ったことないです」

その質問に、俺は秒で首を横に振った。

心に強固なバリアは張れど、リアルで張れるのはラップくらいだ。

「ちょうど良い。言う通りにやってみてくれ」

けれども有無を言わせない雰囲気でマティアスが言う。

俺は戸惑いながらも、言われた通りにしてみることにした。

(体内のマナを感じて集中して……)

呼びかける精霊は、地、水、土、風――

「精霊よ、大気の檻《おり》を地に宿せ」

頭の中でイメージした透明の幕が、ミラーハウスをゆっくりと覆う。

「……お、おおっ」

「ふむ。上出来だ。さあ、行くか」

「えっ、ちょっ、大丈夫ですか⁉」

裏手の避難口に向かうマティアスに、俺は慌てて声をかけた。

「問題ない。結界は、張った者と彼《か》の者が許した者しか通れなくなる。あとは結界を張る前に中にいた者だが、まあいたらいたで仕方あるまい」

なるほど。そういうものなのか。

係員の目を盗み避難口から侵入すれば、中は右も左も鏡の世界。

ところどころ、何かが突進したかのように割れた破片が散らばっている。

マティアスは感心するように目を見張り、

「これは、惑いの世界だな」

「うわっ、あそこ――」

「ガリュードス！」

ガラスの奥に、見覚えのある大きな茶色い生き物がいる。

マティアスは即座に俺を突き飛ばすと、両手を構えた。

「雷神弓《エレクリア》！」

光の筋が真《ま》っ直《す》ぐにガリュードスに突き刺さる。

その様子を見ていた俺の背中に、突然何かが降ってきた。

「うわっ⁉　え⁉　なんだこれ！」

上から落ちてきた何かが服の上を這《は》い回《まわ》る。

咄嗟《とっさ》に手を伸ばして叩《たた》き落《お》とすと、それはぐにぐにと半透明をした生き物だった。

前に見た、ワームというのに少し似ている。

「ヒノピアか。体内九十パーセントを満たすまで血を吸いつくすだけのワームだ」

赤ん坊の二の腕くらいの大きさの蛭《ひる》のような生き物は、生態までも似ているらしい。

「九十パーセントって、まあ、その程度なら」

「膨らむぞ。二ガレア――こちらの世界では二トンくらいは体内に取り込める」

「うおあああ！　死亡案件！」

とんでもないことをサラリと言われ、俺は後ろに飛《と》び退《の》いた。

「火に弱い。燃やせば良い、っと、悪いがガリュードスが二体出た」

「火⁉　火⁉　ちょっと待ってくださいって……！」

再びガリュードスと対峙《たいじ》してしまったマティアスは頼れない。

どちらが頭かわからないヒノピアが、ウネウネと体をくねらせながら、俺の方へと近づいてくる。俺は必死で自分のマナに集中した。火の精霊を意識しまくる。

チリッと掌《てのひら》に熱を感じた瞬間、俺は素早く右手をヒノピアに突き出した。

「炎《フォイオ》！」

ゴォッという音と共に、俺の掌から炎の線が噴出した。

練習していた時よりも、かなりしっかりした炎になった。

「おお、す、すご……」

「イクマ！　それでこちらも頼む！」

「は、はいっ⁉」

その声に振り向けば、いつの間にかガリュードスが増えている。

俺は慌ててマティアスへと駆け寄った。

「イクマは右を、私は左を。いいな」

短い指示に、俺はごくりと喉を鳴らして頷《うなず》いた。

（確か、ガリュードスは一直線にしか走れないんだったよな……）

それなら俺でもなんとかできるかもしれない。

俺はマティアスの隣で真っ直ぐ掌をガリュードスに翳《かざ》し――

「雷神弓《エレクリア》‼」

「炎《フォイオ》！」

それぞれで放った精霊魔法が、ガリュードスを突き抜ける。

ホッとした瞬間、膝の力がガクリと抜けた。

「大丈夫か、イクマ。攻撃魔法はマナの消費が激しいからな。しかしよくやってくれた。礼を言う。君はやはり筋が良い」

「あ、ありがとう、ございい、ます」

俺よりも数をこなしたマティアスの息は全然上がっていない。

さすが帝国の魔法騎士。格の違いというやつか。

結界を解いて外へと出ると、救護所から戻ってきた姫川《ひめかわ》と咲良《さくら》さんが、心配そうな顔でミラーハウスの前の人だかりにいた。こそこそと戻った俺達《たち》を見つけ、姫川が泣きそうな顔で駆け寄ってくる。

そんな姫川を安心させるように笑顔を見せて、マティアスは上官然とした顔になる。

「サクラ、ハル。名残惜しいが今日はお開きにしよう。ここも事故の調査などが入るだろうからな」

「そう、ですよね……」

おあつらえ向きに、空の雲も色を濃くし始めていた。

それを睨《にら》むように見上げながら、マティアスが続ける。

「私の大切な部下達に何かあっては困るからな」

マティアスの言葉を後押しするように、間もなく臨時閉演のアナウンスが園内に流れた。

「……イクマ。勉強会は少し休みにしてもいいか」

帰りの人ごみの中で、俺はそっと耳打ちされた。

「君も今日はマナの放出で疲れているだろう。今日はゆっくり休んでほしい。しかし、明日からもマナの鍛錬は怠らないでくれ」

そう言うマティアスの顔はひどく真剣だ。

「少し、考えたいことがある」

「考えたいこと？」

「それはまた、後で話す」

それきり、彼女は口を噤《つぐ》んでしまったのだった。

32. タマキ、現る

それから数日。

「打ち合わせから戻りました」

「ああイクマ、私は会議に行ってくる」

「あ、第二会議室です。マーケティングの資料は――」

職場では一見変わりはないように思える俺達《たち》だが、あれから本当に夜の勉強会はなくなっている。

「サクラが用意してくれた。それではな」

「あ、はい……」

そして気のせいか、咲良《さくら》さんといる時間が増えた気がする。

（っていうか、考えたいことってなんだ……？）

俺は、遊園地の帰りに彼女から言われたことが気にかかっていた。

後で話すと言われてはいたが、一向にその気配はない。

マティアスは――そして環季《たまき》さんは、今どうなっているんだろう。

「はぁ……」

思わず口からため息が出る。と、背中を突然叩《たた》かれた。

「おいおい、幸せが逃げてくぞ～。どうした？　環季さんと喧嘩《けんか》でもしたのか？」

「うおっ！　大和田《おおわだ》！」

大和田がこれでもかと爽やかな笑顔で、俺の隣の椅子に座った。

「最近一緒に帰ってもいないみたいだし、別れたのか？」

「そもそも付き合ってないいっつーの！」

「でもお前は好きなんだろ？」

「――――」

下種《げす》の勘繰り的な言い方ではなく、至極当然といった口調で聞かれて、俺は思わず言葉を呑《の》んだ。否定の言葉が上手《うま》く口から出てこない。代わりに顔が熱くなった。

俺の様子に、大和田が苦笑する。

「はるが落ち込んでたぞ。お前に好きな奴《やつ》いるみたいだーって」

「姫川《ひめかわ》が？　そこはお前がちゃんとフォローしてやんなきゃなところだろ」

それはアレだろ。姫川はお前との会話のとっかかりにしたかっただけだろ。

意外と鈍い男なんだな、大和田。姫川の気持ちも察してやれよ。

老婆心ながらそう言った俺に、大和田は変な顔を向けてきた。

「……郁馬《いくま》。お前、意外と鬼畜だな？」

「あ？　なんでそうなる？」

大和田の言葉の意味がわからない。何で喧嘩売ってきた？

肘で小突き返していると、噂《うわさ》の姫川が何故《なぜ》だかものすごい勢いでやってきた。

「――あっ、朝陽《あさひ》！　郁馬君に余計なこと言ってないよね⁉」

「言ってないってない。いや、けど郁馬は結構大変だぞ、はる」

「そういうこと言うなもう～～～！　郁馬君、無視していいからね⁉」

大和田に肩を叩かれて、姫川はきゃんきゃん叫んでいる。

会話の流れはよくわからないけれど、なんだかんだで二人の仲は良さそうだ。

最近の重苦しい俺とマティアスとは違う雰囲気に、なんだか救われた気分になる。

「仲良いなぁ、お前ら」

だからつい、にこにこと幸せな気分が言葉となって口をついた。

――と、一瞬で二人の間から会話が消えた。

「あれ？　どうした？」

「……郁馬、お前勘弁してやれって……」

ふと見ると、姫川が何故だか泣きそうな顔で俯《うつむ》いている。

俺、何かまずいことを言ったか……？

ポカンとしてしまった俺に、咲良さんが声をかけてきた。

「あ、郁馬先輩。マ――神川《かみかわ》部長が呼んでます」

「え。わかった。すぐ行く。じゃあ二人とも、またな！」

会議室の場所を聞き、俺は二人にそう言った。


指示された会議室のドアをノックする。

中から「どうぞ」と声がした。

（……あれ？　なんだ？）

その声に俺は何だか妙な違和感を覚えた。

マティアスが真面目な話をする時とも、少し違うような――……？

なんというか、声は同じはずなのに、雰囲気が違う――？

真面目だけど柔らかいというか、ニュアンスがいつもと違うというような……？

なんとなく不思議に思いながらも、ドアを開ければ、中にいたのはマティアスだった。促されるまま椅子に座る。

向かいの席に座ったマティアスは、何故だか俺と視線を合わせない。

（……言いにくい話なのか？）

黙ったままのマティアスは、妙に緊張しているようだ。

「どうかされたんですか、環季さん」

「たっ――」

呼びかけると、驚いたように俺を見たマティアスが片手で自分の口を塞ぐ。

「え?」

「…………落ち着け、タマキ」

「はい……?」

「環季って……、それは職場だからで、私がそう呼ぶように言ったのだ……、うむ、そうだ、問題ない」

それからよくわからないことを言いだした。

「あの、環季さん……?」

「深呼吸だ。マナを落ち着かせるのだ。私の動悸《どうき》を落ち着けてくれ。いいな?」

「大丈夫ですか?」

「御覧の通りだ」

マティアスが真っ赤になった顔を何故かしたり顔で俺に見せて、ふっと笑う。

すみません。全く意味がわかりません。

本気で頭にクエスチョンマークしか浮かばない。

「あ〜〜〜……イクマ。君は、私の中にいるタマキの存在を知っているな?」

「あ、はい。ええと、入れ替わったのをこの目で一度……あの遊園地の時も、ちょっと様子がおかしかったですよね」

今が一番おかしいが。

マティアスは頷《うなず》きながら「それでだ」と机に肘をつき、組んだ両手に顎を乗せ、

「今の私もたいがい様子がおかしいだろう」

「………………」

再びしたり顔でそう問われ、俺はゆっくりと頷いた。

マティアスもそうだろうと言わんばかりに何度も頷く。

何がどうなっているのか、現時点で俺にはさっぱりわからない。

「実はな。私の中で、タマキが目覚めつつあるのだ」

「えっ！」

その告白に、俺は驚いてマティアスを見た。

「きっかけはイクマとのキス——んんっ、いや、感触を思い出すなタマキ、今はもっと俯瞰的《ふかんてき》な立場で聞いていればいい、……そうだ、いいな？　私が話す。……よし、それでだ、イクマ」

「は、はぁ……」

傍目《はため》からは、完全に一人芝居に見える。

が、今中で、環季さんとマティアスが喋《しゃべ》っているのだと思えばそう見えてくる。

つまりは、多重人格みたいなものだろう。

「やはりここではまだタマキが落ち着かないらしい。イクマ、今夜、うちに来てくれるか。二人きりになれる場所で話がしたい」

「は、はい……」

真っ赤な顔のままで言ったマティアスは、すぐに両頬《ほお》を手で押さえる。

言葉はマティアス、だが見えているのは恥じらいの表情――

そのせいで、完全に逢引《あいびき》の話みたいな雰囲気になっていた。

33. 再開、夜の勉強会

「それで、だ」

ここに来るのは久し振りだ。

環季《たまき》さんの部屋に招かれた俺は、なんとなく正座してしまった。

だってなんだか雰囲気が違う。

注いでくれたコーヒーは、マティアスが何の不手際もなくミルで豆を挽《ひ》いたものだ。

ぴっちりとした黒のトレーニングパンツに大きめのモヘアのセーターを着ているマティアスは、少し前までの勉強会の様子とも違った。

(仕事着のままか、お構いなしにとりあえず楽な服に着替えてたのに……)

お願いだから下着は絶対に脱がないでください、と何度言ったかわからない。

が、そんなやり取りもむしろ懐かしく思えてくる。

(あのセーターの下は、ブラは着けて……いや、あれだとわからないけど)

そんなことを考えながら胸を注視していると、マティアスが口を開いた。

「……ここにイクマがいるのも久し振りだな」

「そ、そう、ですね」

「んんっ、何やら緊張しているようだ。すまないが、何か、クッション的な話題をくれないか。何でもいい。イクマの好きなものの話をしてくれ」

また微妙に頬《ほお》が赤い。

パタパタと手で仰ぎながら雑な振りをされて、仕方なしに俺は頭を巡らせた。

「好きなもの、ですか……、あっ、俺学生の頃、遺跡巡りにはまってたんですけど、青森の三内丸《さんないまる》山《やま》遺跡って知ってますか？　あそこ六本柱建物があるんですよ。あれって主柱に傾きがあるんですけど、夏至の日の出に関係しているというのを知って、夏至を狙って旅行計画立ててまして。バックパッカー的に行ったことがあるんですけど――」

「斎藤《さいとう》君、その話面接の時にもしていたわよね」

くすくすと笑いながら指摘され、俺は思わず頭を掻《か》いた。

「そ、そうでしたっけ」

「そうよ。意外と研究家気質……というか、オタク気質っぽいところのある男の子なんだなって私思っ――」

そこまで言って、自分自身に驚いたように、マティアス――いや、環季さんが立ち上がる。そしてローテーブルに足をぶつけた。その勢いでテーブルの上のマグカップが揺れる。

「わっ！」

「きゃっ！」

慌ててマグカップを押さえようとした俺と環季さんの手がぶつかる。

それに更に驚いた環季さんが後ろに倒れそうになった。

「危な――」

咄嗟《とっさ》に抱きかかえた俺は、そのまま後ろのソファに倒れ込む。

「あ、あの……、大丈夫ですか……」

「…………」

腕の中から答えはない。

「環季さん……？」

また真っ赤になっている環季さんを想像して、俺は恐る恐る覗《のぞ》き込《こ》む。

と、ニヤニヤした顔の彼女と目が合った。

「！」

これは絶対環季さんじゃない、マティアスだ――

思った時にはするりと腕を首に回され、ぐっと顔を近づけられる。

「君は押しが足りないな、イクマ。もっと攻めれば、タマキももう少し留《とど》まれたかもしれないのに」

マティアスからのダメ出しに、俺は呻《うめ》き声《ごえ》を上げ、思い切り顔を逸《そ》らしたのだった。

俺の呻きが収まるのを待ってから、マティアスが現状の説明を始める。

「目にした通りだ。最近、タマキが自我を取り戻しつつある」

「今は……？」

つい疑いの目を向けた俺に、はっはっは、と彼女が笑う。

「マティアスだ。タマキは先程、君との接触でキャパオーバーになったようでな。気持ちを鎮めるために眠ってしまった」

キャパオーバー……随分現代用語を駆使できている。これも、環季さんの意識が出てきたおかげなのか。

「君との接触で、タマキの魂は随分意識を取り戻しているという感じなのだ」

「俺との接触、ですか」

「最初は玄関先でのキス、次は君からの褒め言葉、遊園地での接触から今日の件も軒並みそうだ。……まあ、しかし、タマキはだいぶ恥ずかしがり屋のようだ。愛らしい女性だな。さすが我と魂を一にする者！」

それを一般的に自画自賛という。

環季さんの顔で快活に笑ったマティアスは、それから、すっと表情を収めた。

「イクマ。ここ数日の私の考えを、今から君に伝えようと思う」

「は、はい」

急にピンと空気が張り詰める。

環季さんの意識が戻って、マティアスがいなくなる日がわかったとか、そういう話になるのだろうか。俺の心臓がドクンと大きく音を立てる。

「ミラーハウスに、ガリュードスとワームが現れた。それとは別にその少し前、街中にもガリュードスが現れたのを覚えているか」

「咲良《さくら》さんが、貴女《あなた》と同じ異世界転生者だってわかった時、ですよね」

「そうだ」

マティアスが頷《うなず》く。

「あの時は僅かばかりのことだったので、私は時空の歪《ゆが》みが偶然起こったものだと思っていた。時空の歪みはごく稀《まれ》にだが、起こりえるものだと言われているからな。そして歪みは通常、時間が経《た》てば修復される。だが、遊園地で感じた気配は、街中で感じたものよりも遥《はる》かに大きいものであった。これは偶発的なもの、と考えるには特異がすぎる気がしたのだ」

「……どういうことですか？」

環季さんの魂が戻るか否《いな》か、という話題から、思った以上に別の方向にいっている気がする。俺は眉を寄せてマティアスを見た。正直、マティアスが何を言おうとしているのか、俺はよくわかっていない。

つまり、とマティアスが口を開く。

「私はあの日、あの場所で、感じるべきものではないものを感じた。あれは——」

そこで一旦息を吐き、マティアスの目が鋭くなった。

「――王国に進軍してきた魔獣軍のマナの気配だ」

その言葉が、すんなりとは入ってこない。

俺は、更に眉間の皺《しわ》を深くする。

「それって……え？　もしかして、魔獣軍がこの世界にやってきた、みたいな……？」

そんなまさかと思いつつ聞く俺に、マティアスは真剣な顔で頷いた。

「そしてそれが偶然ではないとしたら、何かトリガーになるものがあったのではないかと考えたのだ。この世界に私が来てから、何があったかを思い出してみることにした。そして、――私は結論を出した」

「そ、それは……？」

俺はゴクリと唾を飲み込む。マティアスが指を一本立てた。

「おそらく、最初は私の死の衝撃と、タマキの事故の衝撃が偶然時空の歪みのタイミングによって起きたということがキッカケだった」

更に一本、指を増やす。

「そして、同じく転生者であるリドニアと私が触れ合いマナが揺れた」

また、もう一本。

「更には、まだ眠っていたタマキの魂と私の魂が交差して――」

三本の指を立てて、マティアスはふっと息を吐いた。

「一つの肉体に二つの魂があるのは、そもそも異常だ。この時点で歪みは大変大きくなっていたはずだ。そして最近の事象から、その魂が交差し、時に入れ替わる機会が多くなった。この影響はおそらく、二つの世界線の歪みを大きく震わせた」

「それって大変なこと、なんですよね――」

「うむ。大事《おおごと》だ。このままではあちらの世界とこちらの世界の歪《いびつ》が合致し、完全に繋《つな》がることになるだろう。越境を望む国がやってくる――くらいなら、君主同士で交渉の余地もあるかもしれんが、一番の懸念はやはり魔獣軍の存在だ」

話が壮大すぎて、再び思考が追い付かない。

環季さんとマティアスの魂が入れ替わりを繰り返すせいで、時空の歪みが大きくなって、そこから魔獣軍がやってくる――？

「奴《やつ》らは交渉ではなく蹂躙《じゅうりん》を、協力ではなく服従を是《ぜ》とする」

それはそのまま悪役の理《ことわり》のようなものだろうけど、そんなものが、こっちの世界に来られたら困る。

解決策はあるだろうか。警察――いや、自衛隊とか。

だけどそんなものを、どうやって動かせばいいんだろう。

考える俺の肩を、マティアスが軽く叩《たた》いた。

驚く俺に、いつものようなニカッと笑った顔を見せる。

「まあ、一両日中にどうこうなるというほどのものではない。今夜はひとまず、懸念事項であったことをイクマに共有しておきたかったのだ。私とタマキの入れ替わりも、まだ安定しているわけではないからな。また事情がわかり次第、追って連絡をする。ホウ・レン・ソウはシャカイジンの常識だからな！」

さっきまでの深刻さが嘘《うそ》のように明るく言われても、俺は戸惑ったままだった。

「で、でも、環季さんは意識を取り戻しつつあるんですよね……？　このまま完全に入れ替わったら？　マティアスはどうなるかわかったんですか？　それに時空の歪みって、それもどういうことか俺にはまだよく……」

自分でも驚くほど呆然《ぼうぜん》とした声になった。

「案ずるな」

そんな俺をマティアスは真《ま》っ直《す》ぐ見つめてそう言った。

「何が起こっても、私がイクマを必ず守る」

見惚《みと》れるほど力強く微笑《ほほえ》まれて、俺はそれ以上何も言うことができなかった。

そして。

『一両日中にどうこうなるというほどのものではない』

マティアスのその推測がすぐに破られることになるなんて、その時の俺は思ってもみなかった。

34．風雲急を告げる

環季《たまき》さんとマティアスのマナの入れ替わり、それに伴う時空の歪《ゆが》み。

それを狙った魔獣軍の侵攻の恐れ。

そんな話を聞いた翌日から、――社内でそれは始まった。


最初は幽霊が出たという、どこにでもありそうな些細《ささい》な噂《うわさ》だった。

「女子社員が騒がしいな？　死者が出たとか出ないとか」

「俺も聞きました。創業百年の自社ビルなんで、そういうガタがきているところはあるかもですけど、そこそこリフォームもしてますし、そんな噂今までなかったんですけど……」

けれど得体の知れないモノを見たとか、聞いたとか。

その噂は、日に日に会社内に広まっていった。


次は社員達《たち》の会社内での事故や不調だ。

突然給湯室のポットが破裂したとか、資料室の扉が開かずに一晩中閉じ込められたとか。その第一被害者は姫川《ひめかわ》だった。ポットから噴き出た熱湯で、火傷《やけど》を負ってしまったのだ。

「顔にかからなくて良かったよ～。古いポットだったし、熱膨張しちゃったのかな」

腕に包帯を巻き眉を下げて笑う姫川に、俺は曖昧に頷《うなず》いた。が、原因は他にあるということを、俺はわかってしまっていた。

何故《なぜ》なら破裂したポットのすぐ側《そば》で、精霊達がバタバタ騒いでいたからだ。

『ノインマンがいた！　ノインマンが食べた！』

『夜の廊下はポートアートの散歩道！』

よくよく耳を澄ましてみると、精霊達がそう言っていたのだ。

マティアスに確認すると、やはりそれは思った通り。

「どちらも魔獣だな。『ノインマン』は生き物の恐怖心をエサとする魔獣だ。魔法士のマナがある者しか姿が見えないのは幸いだったか。『ポートアート』は蛇に足のついた……ああ、ムカデのような魔獣だ。足音がうるさい。金属を癒着させる唾液を出すので、扉を閉めたのも奴《やつ》の仕業で間違いあるまい」

「これが全部、その……」

「ここまで現場が集中しては、懸念では済まない。私とタマキの魂の動きが活発になったことが原因だ。早急にタマキに肉体を明け渡す必要があるだろう」

「でもそれは――」

その時、課内で突然窓ガラスの割れる音がした。

「なんだ⁉」

急いで戻った課内では、大きな窓ガラスが何かで叩《たた》き割《わ》られたように粉々になっていた。クラッシュした交通事故現場でしか見たことがないガラス片が散らばっている。

「いっつ……」

「大和田《おおわだ》⁉」

血だらけの大和田が床にいた。

割れた窓の近くに、大和田のデスクがあったのだ。

救急車で運ばれていく大和田を見送る俺の横で、マティアスが言う。

「時間がない。タマキとも話をしなければならない。イクマ、今夜もうちに来てくれ」

35. 決断の時

今夜の勉強会は未《いま》だかつてないくらい重苦しい雰囲気に包まれていた。

会社であんなことがあったんだから当然だ。

「タマキと私が無意識に入れ替わる時間が増えれば増えるほど、被害は増すだろう。この事態を制するためには、タマキにしっかりと目覚めてもらう必要がある」

マティアスの淡々とした口調の説明が、それに一層輪をかけている。

「……そうなると、マティアスはどうなるんですか」

「ここに留《とど》まることはできないだろうな。事故の衝撃で一時的にマナの力を失っていたタマキとは違うから、私が完全に眠ることはできない。自我のあるままタマキの肉体に留まり続ければ、今のこの時空の歪《ゆが》みが収まることもない。だとすれば、私が消えることが、タマキにとっても、この世界にとっても、最良の選択だ」

「でも……、でもそれだと――！」

環季《たまき》さんが環季さんとして生きるために、そして俺達《たち》の世界のために、マティアスには死んでほしいというようなもので。

だけど世界がどうなってもいいとも言えない俺を、マティアスが真《ま》っ直《す》ぐに見つめて言う。

「感情だけで物事を考えてはいけない。イクマ、これは単純な選択だ。私が残るか、タマキが残るか。そしてこの肉体はタマキのもので、私はイレギュラーな存在なのだ」

「…………」

俺は何も言えないでいた。

事態は単純な二択かもしれないが、感情はそんな簡単に割り切れるものじゃない。

なけなしの知恵を絞って、打開策を考えてみる。

「もし、もしですよ。魔獣軍ってのがこっちの世界に来たとして、ほら！　自衛隊とかアメリカとも安保条約結んでるんだし、そういう科学の力でどうにか――」

「瞬間移動《テレポーテーション》すら扱えぬ者が圧倒的に多いこの世界で、魔獣軍に勝てる道程が私には見えない。奴《やつ》らは飛ぶし、炎や氷の矢も吐くが」

俺にも見えない。

ガリュードスくらいなら、と思わないでもなかったが、あれが何十何万と溢《あふ》れ出《で》てきたら世の中はパニックになるだろう。姿の見えないノインマンや、ムカデのオバケのポートマン、それに二トンの血を吸うヒノピア――

そんなものがわんさとやってきて、対応できるかという話だ。

マナってなんだ、から始まる世界の人間に、きっと勝ち目はないだろう。

「マティアスがこのままずっと前に出ているというのは――」

言いかけてハッとした。一瞬、マティアスが泣きそうな顔をしたからだ。

今のは環季さんの感情か――それともマティアスだったのか。

もう俺にはわからない。

わかるのは不用意な発言で、どちらも傷つけてしまったということだ。

「既にタマキの魂が目覚めているのを、私がどうすることもできない。私が眠ることも、タマキが眠ることも、そして起き続けていることもできないのだ。すまない」

「違う。違います、俺が――」

そんな顔をさせたかったわけじゃない。

謝るべきは俺の方だ。

「私は選ばなければいけない。そして選んだのだ」

残酷な決断を言葉で説明させている俺は、最低だ。

「イクマ。君は、タマキにきちんと伝えたい想《おも》いがあるのだろう？」

「…………」

それでもまだ、何も言えないでいる俺に、マティアスは突然両手を叩《たた》いた。

「おお、そうだ！　今夜は最後の晩餐《ばんさん》といこうではないか！」

「は――え？」

突然の提案に、俺はぽかんと口を開けた。

そうしてニカッと笑ったマティアスに、俺は晩餐の支度をさせられることになったのだった。

36. 夜の闇鍋パーティ

急遽《きゅうきょ》始まった晩餐《ばんさん》は、マティアスの希望で闇鍋パーティと相成った。

「つい先日テレビで見てな、やってみたいと思っていたのだ!」

よくあんな話をした後で、と思ってしまうくらいマティアスはご満悦のようだ。

巾着の中に入れたチョコレートに目を輝かせる。

あまりに楽しそうなマティアスに、うっかり忘れそうになるけれど、彼はこれを「最後の晩餐」と言っていた。

別れの時が、近いのだ。

「……他にないんですか。やりたいこと」

「ふうむ。やりたいことか――……、強いてあげるなら、勉強会、だな」

「勉強会?」

「うむ。知らぬ知識を得るというのはいくつになっても楽しいものだ。それに、願わくば、君のことをもっと知ってみたかった」

悪戯《いたずら》めいた顔でそう言われ、俺はバンッと音を立てて箸を置いた。

今はそういう冗談はいらない。

言いたいことはわかっているだろうマティアスが、ふ、と目を細める。

「ふむ。そうだなぁ」

「マティアス？」

それから、ス、と目を伏せて。

「…………私と話している貴方《あなた》を見たい、そうよ」

「た、環季《たまき》さん……っ？」

再び開けた瞳には、マティアスとは違う艶が宿っていた。

思わず姿勢を正してしまう。

「お、お久し振りですっ」

「毎日会社で会っていると思うけれど」

「……そうでした」

そこで会話が途切れてしまった。

この二カ月、ずっと一緒にいたけれど、環季さんとして話したことはほとんどなかった。それに状況が状況だ。何と声をかけていいのかわからない。

そうしてどれくらい沈黙が続いただろう。

鍋がぐつぐつと立てる音を聞きながら、環季さんが口を開いた。

「この歳《とし》で、こんなファンタジーな状況の主人公みたいな人生になるなんて、想像していなかったわ」

そう言って、口元だけで笑う環季さんはどこか寂しそうに見えた。

「彼が——マティアスが言うの。私は戻らなくてはいけないって。斎藤《さいとう》君と、私の代わりに目覚めた彼が、最初に話した時のことは覚えてない。だけど、だんだん私の意識がはっきりしてきて、それからは、窓から風景を眺めるみたいに貴方達《たち》のことは見えていた」

「そう、だったんですか……」

「彼、斎藤君のことをやたらと気に入ってるみたいだったから、ごめんね、たくさん無茶《むちゃ》なことさせて」

苦笑する環季さんに、俺はブンブンを首を横に振った。

「全然！　俺は全然かまいませんでしたし！」

「カラオケも遊園地も楽しかった」

静かな声で話す環季さんは、マティアスとの思い出を反芻《はんすう》しているようだった。

「……彼は、私よりよっぽど会社で上手《うま》く立ち回れていると思うの。だから、むしろ私がいなくなるべきなんじゃないかと言ったんだけどね」

「そんなこと——！」

俺はその時、口角を上げながら話す環季さんが震えていることに、今更ながら気がついた。

事故で意識が戻ったら自分の体に転生したもう一人の自分がいる——なんて訳のわからない状況になって。このままだと世界を滅ぼすかもしれなくて。防ぐための方法が、もう一人の自分を殺すか、自分が死ぬかを選ぶことになる——なんて、どんなアホが考えたシナリオなんだという話だ。

（――何をどう選んだって、怖いに決まってる）

世界か自分か、なんて小中学生の読むヒーロー漫画みたいな展開は、身近にないからこそ楽しめるんだ。

「ごめんね、斎藤君。こんなことに巻き込んじゃって」

「――――！」

そう言って微笑した環季さんを、俺は思わず抱きしめた。

「さ、斎藤、くんっ？」

違う。違う。

そんな顔で笑ってほしいわけじゃない。謝ってほしいわけじゃない。

謝るのは俺なんだ。

言え、郁馬《いくま》。今言わなければダメなんだ。

「俺は、環季さんが好きです」

「え――」

「ずっと、尊敬してて、憧れてて、今も、マティアスになってからも、やっぱりすげーなと思うことばっかりでした。これが魂の価値なのかって。男としても、勝てないなって」

抱きしめる腕に力を込めてしまうのは、顔を見られたくないからだ。

「魂が同じとか、マナがどうとか、正直よくわかってないかもしれません。俺にとって、環季さんとマティアスは同じだけど違うっていうか、その……」

「斎藤君……？」

「俺、ずっと、貴女《あなた》は俺のことなんて認識してないと思っていました。俺は、うだつが上がらない人間で、馬鹿で、どうしようもなく平凡な人間で、環季さんとは違う人間なんだ、出来が違うんだから仕方ないって思ってて」

「そんなこと――」

「けど！　貴女の日記を――あっ、マティアスが勝手に！　見て、こんな俺のことを見てくれてたんだってわかって、嬉《うれ》しかったんです。貴女のために、貴女の期待に応えたいって思ったんです。それに……」

俺は意を決して、環季さんを抱きしめていた腕の力を抜いた。

ゆっくりと環季さんから体を離して、瞳を見つめる。

「マティアスと一緒に勉強会をするようになってから思いました。彼は、何にでもすごく貪欲で、一生懸命なんです。突然知らない世界に来て、右も左もわからなくて不安だったはずなのに、そんなこと何でもないような顔をして真《ま》っ直《す》ぐ向かっていく彼は、やっぱり俺にはカッコ良かった」

「斎藤君……」

俺を呼ぶその声が、イクマ、と重なって聞こえた気がした。

環季さんの瞳の奥に、マティアスがチラつく。

どうせ聞いているんだろう、と心の中で話しかける。

「俺はすぐに何かと理由をつけて諦めてたんだってわかりました」

「…………」

「貴女が素敵なのは、たとえどの世界にいても、どの貴女でも、決して諦めないからなんだと思います。……俺は、あの時、諦めたから」

「あの時？」

「……事故の時、です」

「え？」

「俺、あの時、もっと早くに貴女の手を取るべきだった。自分のことばっか考えて、踏み出すことができなくて――……目が合ったのに。俺、カッコ悪すぎますよね。貴女は俺に手を伸ばしていたのに、俺はあの時、大切な貴女を見殺しに――」

「斎藤君！」

「ふ、ふぁい！」

パシンと、両手で頬《ほお》を挟まれた。ジン、と痛い。

「私はあの時、斎藤君逃げて、って言おうとしたの。でも最後まで言えなくて。なのに無意識に手を伸ばしていたのね……情けないわ。心と体を律しきれていなかった」

「ふぇ……？」

「もしもあの時、将来ある貴方が私のせいで線路に落ちて、一緒に死んでしまっていたら、私はその方が辛《つら》かった。……日記を読まれてしまったから、もうバレていると思うのだけど、私は貴方のこと――……その、将来性をとても買っているの。だから、ありがとう。ちゃんと踏み留まってくれて。貴方は私の願いを叶《かな》えてくれたのよ」

「ふぁまふぃさん……」

力強く頬を挟まれているせいで、全然格好のつかない言い方になっているけれど、俺の涙腺は堪《こら》えきれずに決壊寸前になっていた。

やっぱり環季さんは環季さんだ。保身ばかりの俺とは違う。

「斎藤君は、もっと自分に自信を持つべきだと思う。遠慮せずに、言いたいことを言って、やりたいことをやっていいの」

やりたいこと――

そう言われて、俺は環季さんの手に手を重ねた。

「ほへは（俺は）はなはのほはへ（貴女の側で）はなはほふっほ（貴方をずっと）ほーへんひはい（応援したい）――」

「ぶっはははは！」

と、突然、環季さんが爆笑した。

ついでに両手も離される。

「な――ちょ、え、マ、マティアス⁉」

「ふははは……っ、いや、失敬失敬。しかしイクマ。告白は気持ちといえどだな、女心に誠実であるなら、時に体裁も必要だと思うぞ」

言いながら、自分の頬を挟んでみせるマティアスに、俺はカッと赤くなった。

「だだだだって今のは環季さんが、いや、不可抗力で――」

「イクマ、そういう時はだな」

「へ――」

慌てる俺の肩をマティアスが押した。

床に倒された俺にまたがり、彼女が、ふ、と甘く笑う。

突然のその表情に呆《ほう》けた俺を見降ろして。

「主導権を取り返せばいい」

自分の唇に当てた指を、俺の唇に当てて直す。

「～～～～!?」

「さて、しかし、こういう戯れは、私もやはり女性としたいものだ。ハルやサクラに頼んでみるのも手かと思うのだが、ふむ、名残惜しいが時が足らぬな。まあ、仕方がないか」

「は、はぁ!?」

「だから、イクマ」

声にならない声を上げる俺を起き上がらせながら、マティアスが真剣な顔になった。

「今夜の入れ替わりで、おそらく時空の歪《ゆが》みはまた大きくなったことだろう。けれども魔獣軍の王が侵攻するには、それなりの時が必要だ。――そうだな、おそらくは明日の夜」

「あ、明日――!?」

「休日だからちょうど良いだろう。被害が広がらぬよう、場所はカイシャの屋上にでも座標を敷くか」

「え――」

淡々と告げるマティアスに、俺は口を挟めない。

「歪みを特定し、結界を張って、そこへ魔獣共をおびき寄せ、私のマナを全開にして一気に叩《たた》く。イクマ、悪いが君にはもう少しだけ私に付き合ってもらいたい」

有無を言わせぬ迫力があった。

「屋上とビル全体に結界を。そうすれば私は戦いだけに集中できる」

第3章　決着のとき、俺は勇者か凡人か

37．時は来た

とうとうこの時が来てしまった。

「準備は整った。行こう」

その言葉に、俺はごくりと唾を飲み込んだ。

慣れ親しんだ、会社の屋上。

そこに俺と環季《たまき》さん――マティアスはいる。

彼女はスリットの大きく開いた黒いロングスカートに、襟の立った黒いシャツ。

「いいか、イクマ。作戦は絶対に成功する。タマキを取り戻すぞ」

ニカッと力強い笑顔をくれるマティアスに、俺はしっかりとは頷《うなず》けなかった。

だって、それは、マティアスの最期を意味している。

「……本当に、いいんですか」

「良い。あとくどい。他に方法などないのだ。良いから諦めろ」

そう言って、マティアスは真っ黒い空に視線を投げる。

「このままでは、魔獣軍がこの世界にやってきてしまう。奴《やつ》らが入るその歪《ゆが》みを発生させた私が責任を取るが道理。全力で押し返してくれるわ！」

歪みを利用し、こちらの世界を蹂躙《じゅうりん》しようとやってくる魔獣軍。

阻止するために、マティアスが魔法を使って押し戻す、という作戦だ。

だが、その歪んだ時空までを塞ぐには、マティアスのマナを使った魔法だけでは足りないらしい。まだ環季さんの体に定着しきっていないマティアスの魂をマナに変え、その魂ごとヴァルライド王国に還《かえ》すことができればきっと、安定した空間が歪みの修復を自然に行うはず、というのがマティアスの出した結論だった。

(正直、俺にはわからないことばっかりだけど)

一つだけわかることがあるならば。

作戦が成功すればマティアスが消え、失敗すれば世界が終わるということだけだ。

かける言葉もなく立ち尽くす俺の肩に、マティアスはふっと笑って手を置いた。

「元よりマティアス・フォン・ラインニガーは死んだ身だ。タマキはまだ生きていた。私がここにいることがイレギュラーだったのだ。気に病むな」

最後まで自分のことより俺のことを気遣わせてしまうのが辛《つら》い。

上手《うま》い言葉を見つけられない俺に、マティアスがニカッと白い歯を見せる。

「イクマ。君と会えたことは奇跡だった。その奇跡を我が身に与《あずか》れたこと、君と平和なこの地で語り合えたこと、楽しかった」

別れの言葉を紡いだマティアスが、再び視線を空に戻した。

「そろそろ時間だ。イクマ。自身に結界を張るのを忘れるなよ」

「は、はいっ！」

いよいよ、その時が近づいている。

そうとさすがに俺でもわかるくらいの、不穏な空気が辺りに立ち込め始めた。

視界が一段階薄暗くなる。

同時に頭上から月が消えた。

分厚くどす黒い雲が、その姿を覆いつくしたのだ。

「雨だ――」

ポツポツと、大粒の雨が頬《ほお》に当たる。

「ふっ。セレモニーを効果的に演出してくれる」

そんな軽口を叩《たた》きながらも、マティアスの眼差《まなざ》しは鋭さを増していた。

何層にも重なった重たい雲の隙間から、黒鉛のようなヴェールがずるりと垂れ下がっているのが見える。

「な、なんだあれ」

「イクマ、下がっていろ」

言われるまでもなく、俺の足は勝手に数歩下がっていた。
ハッキリ言って不気味だ。怖い。
今まで見たことも感じたこともない恐怖が、胸の奥からせり上がってくる。
マナで感じる、というのを体験しているのだと本能でわかった。
垂れたヴェールの隙間から、鋭い爪がぎらりと光る。
「え」
思わずそんな声が漏れた。
ズズズ、と闇夜を引き裂くように、その亀裂がどんどん大きくなっていく。
「見えるか。あれが時空の歪みだ。あの爪は魔獣の王のもの」
当然のことのように説明をされ、俺ははっきりと血の気の引く音が聞こえた。
（いやいやいやいやいや！　ムリだ！　ゲームオーバー！　はい、オワコン！）
徐々に姿を現すそれに、俺は心中で絶叫していた。
ついでにドッと尻もちもつく。
いや、だって、あれはムリだ。あれはねーわ。あれは絶対無理。
空を今にもぶち破りそうなその魔獣は、巨大だった。
裂いた穴からこちらを覗《のぞ》く目は虚《うつ》ろな黒で、何ものをも映していないような虚無。
それでいて闇が深く、人知の及ばない感情しか住んでいないのだと見て取れる。
「来世はもっと楽しく平和に暮らしたいです、郷里の母よ……！」

「諦めが早すぎるのは君の弱点だな、イクマ！」

「俺は現実主義なんです！」

「今出ようとしているのが、魔獣の王デルセロクだ。強大な力を持ち、私を焼き貫いた魔獣でもある」

なんであれを見て、そんなに淡々と語れるんだ。

ヴァルライド王国人、死生観が違いすぎてついていけませんお母さん助けて。

「だがその巨大すぎる体と力が玉《たま》に瑕《きず》でな。動きは鈍く、力の放出までには時間がかかる。そこを叩ける。勝機はあるぞ！」

「ありますかねぇ⁉　あんまり勝機っぽくない説明に聞こえましたけど⁉　いや、だってデカすぎません⁉」

「来るぞ。その配下どもだ」

言うなり、その魔獣王デルセロクの開けた隙間から、小柄な悪魔のようなものが数体、我先にと降りてきた。

「配下⁉　――って、おわあっ！」

「イクマ！」

何の前触れもなく放たれた光線が、真っ直《ます》ぐ俺たちに降り注ぐ。が、思わず身をかがめた俺に当たるかと思われたその時、バシッと弾《はじ》かれたような音がして、光線はパラパラと散って消えた。

マティアスがグッと親指を立てて俺を見る。

「結界魔法は完璧だな、イクマ！　その調子だ！」

「す、すげぇ……」

自分で張っていた結界のおかげで、俺には傷一つついていない。

「私は魔王を押し返すマナを調整しつつ、他の魔獣を消滅させていく。イクマは自分の身を守りつつ、こぼれた魔獣達《たち》を討伐してくれれば良い！」

「討伐の約束はできかねます！」

「うむ、いい返事だ！」

絶対聞いてねーだろ、その返し！

だけどそんなツッコミを、魔獣が待ってくれることはない。

「来るぞ！」

「うわわわわっ！」

顔を上げれば、角の生えたゴブリンのようなものから、石造りのゴーレムのようなものが、わらわらと亀裂の隙間から押し出してきていた。

他へ被害が及ばないようにと、マティアスが事前に座標指定を精霊魔法で行ったおかげで、魔獣達は俺達以外の場所に行くことはできなくなっている。

（つか、それって……！）

俺は魔獣の突進を、闘牛よろしくよけながら思う。

（全魔獣が、この屋上にやってくるってことだよな……！）

時空の裂け目から目指せる場所が、一直線のここしかないのだ。

集中砲火をマティアスと俺でなんとかしろって？

いや、これ絶対無理だろう！

「イクマ！」

「へ？　――うわっ！」

呼ばれて見れば、マティアスに亜人の魔獣が襲いかかっているところだった。

振り下ろされた剣を、マティアスが指示棒で受けている。

「って、指示棒⁉」

会議の時に、パワポを指し示すアレだ。

見ると、指示棒が青白い炎のようなものを纏《まと》っていた。

「ええと――ああ！　強化魔法とか！」

指示棒に纏っている青白い炎には、精霊の気配が確かにあった。

なるほど。こういうこともできるとは。

「そっちにも行ったぞ、イクマ！」

「おわーっ！」

屋上タンクの壁際にいた俺を見つけた別の魔獣が、取り囲むようにして襲ってくる。

「強化結界《ベイリア》！　強化結界《ベイリア》！　強化結界《ベイリア》！」

早口でまくし立てる。

三重に張り巡らせた結界に弾かれ、魔獣が俺から遠ざかる。

「よかった……」

ホッとしたのも束《つか》の間《ま》、弾かれた魔獣は数匹を残して、マティアスへと駆けていく。

「マティアス！」

「ぬぅん！」

俺の呼びかけで気づいたマティアスが、咄嗟《とっさ》に亜人ごと腕を振るって指示棒で薙《な》ぐ。

その力で吹っ飛ばされた亜人が、魔獣達にぶつかって動きが止まった。

「す、すげぇ……」

はぁ、と肩で一つ大きな息を吐いたマティアスは、長い黒髪を前からぐっと掻《か》き上《あ》げた。その体に、大きくなってきた雨粒がぶつかり、弾かれ、流れていく。

（マティアスって本当に強いんだな……これなら余裕で勝てるかも――）

なんて思った瞬間だ。

ドゥン、という重たい音と共に、コンクリートの地面に大きな穴があいた。

「――は？」

呆然《ぼうぜん》としながら顔を上げる。

いつの間にか巨大な狼《おおかみ》のような生き物が屋上にいる。

一つの体に頭が二つ。

その両頭から銀色の立派な角が突き出ている。

今の攻撃はそこから出されたようだった。

「「ウォォォン！」」

「な、なんだ⁉」

頭にビリビリ響くような声で鳴く。

マティアスがハッと顔を上げる。

「双頭狼《ヘルヴォルフ》か！」

「めっちゃ怖いんですけどあれなんですか！」

「電撃系を得意とする魔獣だ。縄張り意識が死ぬほど高い。そして今、あれはこの場所を己のテリトリーと認識したと主張したのだ」

「なるほど――って、いやいやいや⁉」

双頭狼《ヘルヴォルフ》が、ダッと空中を蹴った。

ものすごい速さでマティアスへと突っ込んでいく。

「マティアス、後ろ！」

「ぬぅ！　前方の狼、後方の亜人か！」

挟まれたマティアスがシャツの胸元から指示棒をもう一本取りだした。

両手に指示棒を構えるマティアス。

青白く光る指示棒で、亜人の攻撃をいなしつつ、双頭狼《ヘルヴォルフ》の電撃を弾く！

「すっげ……！」

けれど、次々と増えていく魔獣の攻撃に、徐々にマティアスが押され始めた。

じりじりと後退するマティアスの後ろで、俺にできることは――

(ない！　ムリ！　あれはムリ！)

せいぜい邪魔にならないように自分の身を守る結界を絶やさないことくらいだろう。

(そ、それでも、マシなはず……だけども！)

下手に覚えたての攻撃魔法なんか打って、間違ってマティアスに当たったら大惨事になる。それなのに下手な鉄砲は数を撃たなきゃ当たらないのだ。ここは大人しく黙って見ている方がマシというやつだ。

(だ、だよな……？)

自分の不甲斐《ふがい》なさに理由をつけて、俺はマティアスを見た。

「あっ！」

ちょうどその時、双頭狼《ヘルヴォルフ》がマティアスの右手の指示棒にかみついた。

グルルル、と鼻に深い皺《しわ》を刻み、涎《よだれ》を垂らした牙が指示棒を奪い取る。

「ふっ、危ないではないか。きちんと躾《しつけ》をされていないようだ、悪い子だ！」

雨に濡《ぬ》れた髪を肌に張り付けたマティアスが不敵に笑う。

肌にぴたりと張り付いたシャツをそのままに、指示棒を失った右手を天に掲げた。

「私が躾をし直してやろう！」

ゾクッとするほど艶やかな声が雨天の夜空に響く。

「雷光招来《ライヒダード》！」

次の瞬間、ゴロゴロと鳴った雷が、分厚い雲を切り裂いてマティアスに落ちる！」

「マティアス⁉」

被雷したのかと思ったが、違ったようだ。どうやら雷を呼んだらしい。

空から真《ま》っ直《す》ぐ突き抜けた光が、マティアスの右手を輝かせている。

「――おすわり」

指先が振り下ろされると同時に、雷光が双頭狼《ヘルヴォルフ》に向かって走る。

「やった！」

俺は思わず拳を握った。

「ヴァオォウ！」

が、双頭狼《ヘルヴォルフ》は鼻先をブンッと振っただけだった。

「――って、あ、あれ？」

指先でデコピンされた人間の動きにちょっと似ている。

「ふむ」

その様子を見ていたマティアスは、そう呟《つぶや》くと自分の掌《てのひら》をじっと見つめ、

「やはりこの世界は精霊の数が少なすぎて、生成とコントロールが難しいな」

「言ってる場合かあぁぁっ！　つか、まさか手立てそれだけじゃないですよね⁉　だったら死ぬ！

確実に死ぬ！」

これはいよいよ本当に覚悟を決める時が来たかもしれない。

俺が思わず天に祈りを捧《ささ》げそうになった時、魔獣達がビクリと一瞬動きを止めた。

「こ、今度はなんだ⁉」

そうしてビクビクと体を震わせると、全部が一回り大きく姿を変えていく。

一体何が起こっているんだ。

マティアスは空を睨《にら》むようにして見上げている。

「うわ、亀裂が巨大になった⁉」

つられて見上げて、俺は絶望に声を震わせた。

38．時空の亀裂は天命となるか

魔王デルセロクの奇妙にゆがんだ顔が、半分ほど空にめり込むようにして、こちらの世界に今にも出てこようとしているではないか。

鈍い振動が大気を伝わって俺にも届く。

心臓のリズムを不用意に崩されそうな律動だ。

「デルセロクがひと暴れしたようだな。おかげでヴァルライド王国のマナがこちらにも流れ込んできた。魔獣が元気になったのもそのせいだろう」

「⁉　そ、それって結構ヤバイんじゃ――」

「だが、そのマナは私にも力を与えてくれる。――はぁっ！」

言うなり、マティアスは残りの指示棒を投げ捨てた。

自棄《やけ》になったのかと思ったが、代わりにその手に光の束が収束していく。

「我が魔剣、降臨せるだけのマナと精霊の加護、ここにあり！」

マティアスの叫びに呼応して現れたのは、巨大な剣だ。

両刀の光り輝く黄金の剣。

長く巨大なその剣は、しっくりと彼女の手に馴染《なじ》んでいる。

「イクマ、君も精霊の動きを先程よりも感じるはずだ」

「せ、精霊の動き……？」

言われて改めて感覚を研ぎ澄ませてみる。

はっきりこうとわかるわけではもちろんない。

レベルで言えば、1か2の俺だ。

だけど、確かに集中すれば、大気に今までと違った熱いものを感じられる。

（あ！　もしかしてこれなら――）

俺はハッとして地面に両手を当てた。

「強化結界《ベイリア》、拡大版！」

ビルを囲う木や土から透明の幕がせり出してくるイメージで力を籠《こ》めれば、ズオォォォ、と社屋が全て二重結界の中に入った。

「よっしゃ！　成功！」

「ほお！　やるではないか、イクマ！」

これで自社ビル倒壊の危機はなくなった。

俺に魔獣達をバッタバッタとなぎ倒せるような攻撃魔法は絶対にない。

だけど、マティアスが褒めてくれた結界だけなら俺にもできる。

「これで、先程よりも大掛かりな攻撃を打てるというものだ！」

ニカッと赤い唇から白い歯を見せて駆け出すマティアスを、俺は拳を握って応援する。だがしかし。

ドゴォォォォッ！

「――は……？」

大剣一振りで、ふっ飛びめくれ上がったコンクリートの床に、俺は思わずそう呟《つぶや》いたのだった。

39. ゲームなら、遅れてきた最後の戦士は救世主

これでイケると思ったのも束《つか》の間《ま》。

精霊の加護篤きヴァルライド王国の力が流れてきたおかげで、力を得たのはマティアスだけではないのだと、俺はすぐに思い知らされることになった。

「ぐぅっ！」

マティアスの両脇から、同時にゴブリンが突進をかます。

光の大剣が振り払ったと思った矢先、俊敏さを増した双頭狼《ヘルヴォルフ》が背後から確実に急所を狙った電撃を放つ。

「なんのこれしき――ぐあぁっ！」

「マティアス！」

体をひねって躱《かわ》したマティアスの逆サイドを、もう一つの頭を振った双頭狼《ヘルヴォルフ》の攻撃が焼いた。

「油断したか……獣はさすがに頭が良い。ここが王国であれば、捕えて躾《しつけ》てみたいものだった」

「言ってる場合か！　マティアス……くそっ！」

武器を手に入れたマティアスの攻撃力は増している。

だが、亀裂は大きく、深くなっていて、魔王デルセロクがこちらの世界に捻《ね》じ込《こ》もうとする巨大な体の隙間から、次々と魔獣がやってきてしまうのだ。

数の利は、間違いなく魔獣側にある。

（ど、どうしたらいい？　いや、俺にできることなんてないんだけども！）

じりじりと後ろに下がるマティアス自身にも、結界魔法をかけている。

けれど魔獣の攻撃は、その結界をも次第に貫き始めているように見えた。

（助けを呼ぶ――って、誰にだよ！）

俺にできることは何もないのか。

「うぐあっ！」

その時、マティアスの叫び声がした。

ふっ飛ばされたマティアスが地面に膝をついている。

その頬《ほお》が、カマイタチにでも遭ったかのように、斜めにパクリと割れていた。

「ふっ……女性の体に傷をつけるとは不届き者め」

それでもまだ不敵に頬の血を拭ったマティアスは、剣を地面に突き立てると立ち上がった。けれど、攻撃を受け続けていたその体がふらりと揺れる。

「マティアス！」

俺は思わず、給水タンクの陰から駆け寄ろうと飛び出して、

「──郁馬《いくま》先輩！」

「さ、咲良《さくら》さん⁉」

屋上に繋《つな》がるドアを開けて飛びだしてきた咲良さんの姿に、咄嗟《とっさ》に足の動きを止めた。今日は休日。どうして咲良さんがここにいるのか。戸惑う俺の前に、風雨にさらされあっという間にびしょ濡《ぬ》れになった咲良さんが駆け寄ってきた。

「休日出勤してたんです！　そしたら、結界のせいで退勤できなくなってることに気がついて、それでもしかしてと思って──って、マティアス⁉」

「……リドニアか！　出てくるでないぞ。今のお前は、か弱き女子。だが、さすがにこの状況でお前を守ってやりながら、魔王デルセロクを異世界に戻すマナを溜《た》め続けることはできそうにない！」

「はっ！　デルセロクが……⁉」

「イクマ、リドニアを頼む！」

「マティアス！」

異世界の知識はあれど力のない咲良さん。

マナをコントロールできるようになったとはいえ、目の前で繰り広げられている攻防には及びもしない力しか持たない俺。

こんな二人がいたところで、マティアスにとっては足手纏《あしでまと》いでしかない。

（だけど――！）

本当に、これ以上できることはないのだろうか。

このままでは、マティアスが防戦一方だ。

魔王デルセロクは、ほとんどその奇妙に長い顔を出現し終えて、肩の先端を亀裂の間に突き刺している。

「――あの、郁馬先輩」

「な、なに⁉」

思いをめぐらす俺を、咲良さんが呼んだ。

「ちょっとお伺いしますが、このビルに結界を施したのはどちらですか」

「俺だけど……」

それがどうしたというのだろう。

この状況で、一旦解除して咲良さんを帰してあげることはできない。

「今、郁馬先輩自身に施されているのも自分で？」

「そうだけど――」

だから何だというのだろう。

けれど答えた俺に、咲良さんは驚いたように目を丸くした。黒縁眼鏡《めがね》の縁をクイッと持ち上げる。

「正直、宮廷魔導士レベルの高度ですよ、それ」

「――へ？」

今度は俺が目を丸くする番だった。

「私に案があります」

咲良さんが息を呑《の》んで俺を見た。

40．知識は力なり

彼女の考えはこうだ。

「現状は、マティアスが精霊魔法と魔剣を使っていて、郁馬《いくま》先輩が結界。正しい役割分担だと思います。ですが、相手の数が上回っていて、マティアスが本来の魔王デルセロクの封印に力を割く可能性が限りなくゼロです」

俺はゴクリと喉を鳴らした。その通りだ。

現状維持どころか劣勢で、そもそも魔王デルセロクが完全出現してしまったら、日本は――というより、この世界が破滅する。

自衛隊や警備会社でどうにかできる相手じゃないのは明白だ。

だけど、ここからどうすればいいのか。

「私は魔法を使えません。悔しいですが、マティアスの言う通り、何もできない」

きゅっと拳を握る咲良《さくら》さんが、「でも」と続ける。

「でも、私には知識がある。今、こちらに具現化している魔獣共の弱点を教えることができます！　最小の労力で最大の攻撃――それなら、郁馬先輩も攻撃に参加することができるのではないでしょうか」

「なるほど――」

咲良さんの提案に、俺が頷《うなず》きかけた時。

ズアァァアッ！

マティアスの吹っ飛ばした翼の生えたワニのような魔獣が俺達《たち》のすぐ横に落ちてきた。硬い鱗《うろこ》でコンクリートの地面がぼこぼこと可哀想《かわいそう》なくらい捲《めく》れている。

痛みに呻《うめ》くワニ魔獣の口からは、びっくりするほど密集した鋭い牙が見えていた。

「……こここここんなのを相手にしろと⁉」

思わず小声で叫んでしまう。

「しないと！　世界は滅ぶんですよ！」

情けない俺の言葉に、咲良さんがはっきりした声で怒鳴り返した。

「世界が滅ぶってことは、来週のアニメの最新話が見られないってことで、月末のイベントにも行けなくて、神絵師さんの新刊も手に入れることができなくなるということで……！」

ぎゅっと唇を噛《か》み締《し》める咲良さんの目から、ボロリと涙がこぼれる。

「それに――！」

誰に憚《はばか》ることもない大声に、ワニが俺達に狙いを定める。

のしりのしりと近づいてくる四本脚のその先には、凶悪な太い鉤爪《かぎつめ》が見える。

「イクマ！」

気づいたマティアスが片手を振るい、ワニに向かって炎を投げた。

「グギャオオォ！」

断末魔の悲鳴を上げて燃え上がるワニの火は、激しさを増す豪雨でも消えない。

けれども、その一瞬の隙をついた双頭狼《ヘルヴォルフ》の放った電撃が、確実にマティアスの足を貫いた。

「ぐあぁぁぁっ！」

「マティアス！」

「マティアスが――神川部長《かみかわ》が、二人が二回死ぬってことなんですよ……！」

「!?」

その言葉に、俺はハッとした。

そうだ。マティアスはあちらの世界で一度死んだ。

環季《たまき》さんも、こちらの世界で一度死んだようなものだった。

その魂が入れ替わり。

今の神川環季の体には、マティアスと環季さんの二つの魂。

それが、また死ぬことになる。

それなのに俺を、俺達を守ろうと必死で戦ってくれている彼らを、挑戦もせず、俺はまた見捨てる選択をするところだった。

「これじゃ、あの時と同じじゃないか……」

あの、最初の事故の時。

目が合って、手を伸ばせば助けられたかもしれない距離で、伸ばす勇気が出なかった時を、繰り返すのはもう嫌だ。

「咲良さん！　魔獣の弱点、全部教えて！」

41　やるっきゃない

「双頭狼《ヘルヴォルフ》の弱点は鼻先と思われがちですが、あの角の先端です。あそこに神経が詰まっていて、軽く弾《はじ》かれただけでも七転八倒します。有翼鰐《ニーズヘッグ》は地面を割って片足だけでもバランスを崩せば、動きが止まります。それから——」

咲良《さくら》さんの即席魔獣講座を聞きながら、俺は素早く戦況に視線をやった。

ひとまずピンポイントの攻撃なら、俺の唯一の攻撃魔法『炎《ファイオ》』でも対応できるだろう。けれども、魔獣の動きはそこそこ速い。双頭狼《ヘルヴォルフ》に至っては、鼻も利くだろうし、今のままでは百二十パーセント勝ち目はない。

「マ、マティアス！」

「なんだ、イクマ！」

剣を振るっているマティアスに、俺は聞く。

「強化魔法か何かで、俺の体術チートにできたりって――」

「無茶《むちゃ》を言う！」

だが、一蹴されてしまった。

咲良さんも、信じられないとでも言いたげな目で俺を見た。

「そんなの漫画やアニメの中だけですよ！」

ファンタジー要素バリバリの異世界転生者で現ガチオタに、真顔で言われるとクるものがある。

「いいですか？　マナは持って生まれた能力により限界があり、郁馬《いくま》先輩はなかなか悪くない保有量は確かにあるようです。ですが、コントロールがまだ甘い。言うなれば生まれたての赤ん坊。寝返り打てたね、すごーい！　な段階だと思ってください」

なんだかひどい言われようだが、その通りなので黙っておく。

「そしてこの世にあるどんな魔法も、全ては精霊との契約です。体術チートにする契約って、常識的に無理ですよ。人間の体にどれだけのパーツがあるかご存じですか。その全ての能力値を管轄する精霊と契約するなんて、どれだけの――」

「す、すみませんすみません！　安易な考えで言いました！　すみません！」

「――あ」

「え？」

「でも、そっか……全身強化は無理でも、スピードだけならいけるかもです！」

そう言うと、咲良さんは俺にとある可能性を示してくれた。

「足の筋肉と骨格を意識して、それから速さは風の精霊に――」

その指示通り、俺は自分の足に集中する。

体幹バランスは高校までやっていた弓道部のレベルしかない。

だけど、基礎はあるはずだと自分を鼓舞して、スピード強化だけに集中だ。

「契約できたら、あと必要なのは自信です」

「自信？」

「郁馬先輩に足りないもの。謙遜は日本人の美徳ですが、しすぎるのは卑下です。郁馬先輩、これは前から思っていたことですが、あなたは自分を普通だとか言うけど、本当はもっとすごいんです。だってあの神川《かみかわ》部長の補佐を、ほとんど一人でしてたんですよ？」

そういえば、大和田《おおわだ》にもそう言われた。

姫川《ひめかわ》も、頑張ってるんだよ、すごいんだよ、と何度もそう言ってくれていた。

社交辞令だけではなかったと、そう思ってもいいんだろうか。

「もっと自信を持ってください。あなたはできる」

パシン、と、背中に咲良さんの小さな手が添えられる。

そこから感じる体温が、俺の中に、小さな炎を灯《とも》してくれた気がした。

「ありがとう。俺、やってみる」

「はい、郁馬先輩。自信ですよ！」

その言葉をエールに、俺はスピードだけを強化して、給水タンクの陰から主戦場へと飛びだしていった。

「私が、ちょっとかっこいいかも、なんて思っちゃった、初めての人なんですから」

背中を見送る咲良さんが小さく呟《つぶや》いた言葉は、雷雨で俺には聞こえなかった。

42. 二人なら

群がるゴブリンを結界で弾《はじ》き、飛びかかってきた双頭狼《ヘルヴォルフ》はスピードで回避。

耳のすぐ側《そば》で、ガチン、と歯の根が噛《か》み合《あ》う音が聞こえて、ゴクリと喉が鳴るのは聞こえないふりだ。恐怖を感じたらきっと足が止まる。止まったら最期だ。

「加勢に来ました！」

「なんと！」

唸《うな》る双頭狼《ヘルヴォルフ》に、マティアスが魔剣を大きく振るった。

その攻撃から身を翻して横に飛んだ大きな狼《おおかみ》は、マティアスを鋭く睨《にら》みつける。

(今だ！)

その隙を、今度は俺が見逃さない。

「炎《ファイオ》！」

真《ま》っ直《す》ぐ一カ所だけを狙った炎は、あやまたず、右の頭の角に当たった。

ボゥン、と小さな衝撃音がする。

「「ギャオオオオゥ！」」

と同時に、双頭狼《ヘルヴォルフ》は音に反比例するかの絶叫を上げた。

咲良《さくら》さんの言った通りだ。

弱点に当たりさえすれば、威力は二の次でいい。

「よくやった、イクマ！」

そこをすかさずマティアスの魔剣が一刀両断。

これで主力の一匹は殲滅《せんめつ》だ。

「なかなか狙いが良い！　この調子でいかせてもらおうか！」

「はい！」

雨脚はどんどん強くなる。

遠雷も、次第に距離を詰めている。

だけど、俺達《たち》の勢いはそれにも増して強くなっていく。

それを感じる。

「郁馬《いくま》先輩！　ゴブリンの動きは遅いので、スピードで上回って背後から一発です！」

「わかった！」

咲良さんの応戦のおかげもあって、俺達は順調に魔獣と対峙《たいじ》できていた。

「イクマ！　魔王デルセロクを押し戻す！」

「！　わ、わかりました！」

そしていよいよ。

分厚い雲の裂け目から、こちらを見下ろす虚《うつ》ろな顔をマティアスが見据えた。

43．指示棒は魔力も込められる万能棒

「いくぞ、デルセロク！」

マティアスが正面に魔剣を構える。眩《まぶ》しいくらいに輝きを増した剣が、マティアスごと光の粒子で覆っているようだった。

完全にファンタジー。完全に剣と魔法の世界の光景だ。

「郁馬《いくま》先輩！　竜蛇《ラドン》来てます！　目を潰してください、早く！」

「は？　え？　待っ、それは普通に物理攻撃魔法だし――」

蛇というには大きすぎる体をギリギリで躱《かわ》し――たつもりが、俺は蹴躓《けつまず》いて転んでしまった。

「うわっ」

それを察知した竜蛇《ラドン》がすかさず俺を絞め殺そうとうねりながらやってくる。

炎《ファイオ》じゃ目眩《めくら》ましくらいにしかならなそうだ。

もういっそ、小石でも小枝でもなんでもいい。

「何かないか何か……、あっ！　た！」

地面をまさぐる俺の手が、何かに触れた。

それはさっき、魔剣を具現化させたマティアスが投げ捨てた指示棒の一本だ。

「よしっ！　これで――」

俺は素早く指示棒を拾うと、スピードを上げた。

波打つ竜蛇《ラドン》の体の横ギリギリを駆ける。

それに気づいた竜蛇《ラドン》が、大きな頭を俺にもたげた。

迎え撃つようにガパリと赤い口を開ける。

「遅い！」

俺は更に加速して、その口が俺を捕えきる前に、瞼《まぶた》の上から指示棒を思い切り突き刺してやった。声もなくもんどり打った竜蛇《ラドン》は、ビクンッと一度巨体を大きく揺らし、それから、ザアッと雨に流れる。

「やった！」

初めて一人で魔獣を倒した。

ふつふつと湧き上がってくるのは達成感というやつだろう。

俺は喜びに震える気持ちでマティアスの方を振り向いた。

「マティアス――」

それはきっと、子供が母親に賛辞を求めるような気持ちでもあったのかもしれない。

だけど。

「マティアス！」

俺は目に飛び込んできたその情景に、一瞬で現実に引き戻された。

44. 脇役は主人公足りえるか、死か

「うおおぉぉおおおっ！」

空へと浮かんだマティアスが、全力で魔王デルセロクへと魔剣を振り下ろしている。いや、厳密には振り下ろそうとしている、だ。

雨で濡れそぼっていた黒いシャツから、水滴がしたたっている。

そしてそれは、水蒸気のように金色のオーラを纏《まと》って蒸発し続けていた。

雷雨は更に激しさを増し、荒れた屋上の地面をバチバチと水音が弾《はじ》く。

「うぉおあああああああああ！」

喉が切れるのではと思われるほどの気合いを叫びながら、マティアスは魔剣を押し込んでいた。

その顔に浮かぶのは、見知っていた環季《たまき》さんの透き通るような肌ではなく。

よく笑い、変化するようになったマティアスの頬《ほお》に差した赤でもなく。

「うがあああぁぁぁあっ!!」

鬼気迫る表情で、額に血管を浮き上がらせるほどに力を滾《たぎ》らせる彼女の姿。

ぐぐ、と魔剣が前に出た。

「やった！　マティアス！」

そう思った刹那。

魔王デルセロクの顔面が、初めてカクリと不気味に動いた。

「な、なんだ……？」

カクカクと奇妙な動きで顔を持ち上げたデルセロクが、虚《うつ》ろな表情を正面に向ける。

どこを見ているのかまるでわからない穿《うが》たれた穴のような陥没した目の中で、ぐるんと闇色の目玉が動いた。

「ぐはぁぁぁっ！」

同時に、何か目に見えない強大な力がずぶずぶと押し出されてくる。

どす黒い圧のようなものを受け、マティアスの体が堪《こら》え切れずにふっ飛ばされた。

「マティアス！」

「ぐっ！　クソ、もう一度――……、はっ！」

風圧に流されたマティアスが、目を見開く。

その先にいたのは、咲良《さくら》さん。

しまった、と俺は思った。

どうして俺は、彼女に強化結界《ベイリア》を張らないまま飛びだしてきたのか。

自分のスピード強化に気を取られて、彼女の安全確保にまで気が回っていなかった。

「きゃっ――」

「咲良さん！」

このままでは二人は思い切り激突する！

「風の精霊よ！」

マティアスが大きな声でそう叫んだ。

同時に横殴りの強い風が、マティアスの体を横手に吹っ飛ばす。

「ぐは、ぁっ！」

「マティアス⁉」

そのまま、フェンスに強《したた》かに体を打ち付けられて、マティアスの動きが止まった。

マティアスは咄嗟《とっさ》に風の精霊に言葉を届け、咲良さんの安全を守ったのだ。

それは、とても騎士らしい行為で、マティアスらしい判断だ。

だけど。

「マティアス！　マティアス、無事ですか⁉」

「……う、ぐ……」

俺の呼びかけに、マティアスは呻《うめ》くだけで答えない。

咄嗟の契約は、さすがのマティアスでも力をコントロールしきれなかったのだ。

ものすごい風圧でフェンスに激突したマティアスの体は、マナを滾らせていたとはいえ、元は環季さんのものだ。筋骨隆々でもなければ、強化魔法もかけてはいない。ごく普通の、柔らかく、たおやかで、温かい、女性の体だ。

「マティアス！　環季さん！」

俺は一も二もなく飛びだした。

デルセロクとマティアスの拮抗《きっこう》した力の烈《はげ》しさで、新しい魔獣はこちらの世界に出てきてはいない。

「マティアス！」

抱え上げた体に力はなく、だけど、意識を失っているだけのようだった。

少しだけホッとして、だけど、この状況は万事休すだ。

魔王デルセロクは、どこを見ているのか相変わらずわからない瞳で、またカクカクと揺れ始めている。もう一度あの攻撃がくるのかもしれない。

（もしそうなったら？　考えろ、考えろ。マティアスは何て言っていた⁉）

俺は降り注ぐ雨の中、環季さんの体を抱えて、必死に頭を巡らせた。

力の抜けた環季さんの手から、光の魔剣が滑り落ちる。

俺は咄嗟にそれを受け止めた。

じんわりと熱を持つ魔剣からは、ものすごい量のマナと精霊の加護を感じる。

(これは、マティアスの力だ……)

必死に頭を巡らし、俺はマティアスの言葉を思い出した。

『動きは鈍く、力の放出までには時間がかかる』

そうだ、マティアスはデルセロクについてそう言っていた。

そこにまだ勝機はあるはずだ。

「咲良さん!」

「は、はいっ!」

「マティアスを——……環季さんを頼めるかな。強化結界《ベイリア》を掛けていくから、今度は大丈夫なはずだから」

「郁馬《いくま》先輩、何を……」

「ピィイイイッ!」

咲良さんの言葉を遮るように、甲高い鳴き声が頭上から降ってきた。

45. 決戦の行方

それは有尾鶏《ヴォイケル》の威嚇だった。

尻尾に蛇を複数有する不気味な怪鳥が、滑空してくる。

「強化結界《ベイリア》！」

俺は素早く結界を張って、二人を隔離すると、光の魔剣を持って駆けだした。

「さて、どうする……？」

俺には魔獣に効果的な攻撃魔法なんて使えない。

持っているのはスピードと防御、それにマティアスのマナと精霊の加護を受けたこの魔剣だけ。

「ピイイッ！」

「うおあぁっ！　ひ、ひとまず逃げる！」

ダッと駆けだして、追いかけてきた有尾鶏《ヴォイケル》の経路を見極め、ギリギリで避《よ》ける。

急に目標を失って失速した有尾鶏《ヴォイケル》の背後から、俺は光の魔剣を振り下ろした。

「そして、斬る！」

「ピギョアアアアッ」

ザン、と掌《てのひら》に残る振動だけを残して、雨粒に弾《はじ》かれるように有尾鶏《ヴォイケル》が消えた。

「お、おぉ……」

剣士、すごい。魔剣の切れ味半端ない。

某深夜ショッピングのシャープナーの宣伝を思い出してしまった。

（見てください、この切れ味……じゃなくて！）

今のが具現化している魔獣の最後の一匹だ。

だけど、こうしているだけでは、また魔獣は次から次へと湧き出てくるし、魔王デルセロクはこの世界に降臨してしまうだろう。

魔王デルセロクを時空の裂け目からあちらの世界に押し返さなければいけないのだ。

マティアスが意識を失っている今、それを、俺が、一人でしないといけない。

「できるのか、じゃないよな。やらなきゃダメなんだ、やらなきゃ」

デルセロクの奇妙な動きが再び止まった。

「マジか」

それが合図のように、再びぐるんと虚空のような眼窩《がんか》が回る。

そうして、あの、腹の底から押し戻されるような邪悪な圧が押し寄せてきた。

「うおおぉあっ！」

俺は魔剣を盾にして、マティアスがやっていたようにマナを押し込むイメージを作る。それでも勢いはデルセロクが圧倒的だとすぐにわかった。

(俺の力じゃ、絶対に無理だ。どうする、どうする……！)

どれだけ力を込めても、力の差は歴然だ。

グググ、と押し返される魔剣を持つ手が、反対側に折れそうだ。

打ち付ける雨脚の強まりまでもが、俺の体を鞭打《むちう》つ役を買って出ているような気にすらなってきた。遠くで響いていた雷も、もうすぐそこまで迫っている。

「ぐ、ぅ、おあああ！」

ドドドドド、と耳の奥で木霊《こだま》するような水音と、虚空を切り裂く稲光。

それから一瞬の間をおいて、まるで艦砲射撃のような落雷の音がした。

それに呼応するかのように、俺の体が弾き飛ぶ。

「ぐっ、そぉっ！」

受け身を取りそこなった体は、結界を張っていてもなお痛い。

魔王デルセロクは、なにごともなかったかのように、再び力を溜《た》め始めている。

次に攻撃がくるのが先か、その巨体がめりめりと時空を切り裂くのが先か。

もうそんなデッドラインが見えてきている。

と、そのとき。

ビカッと辺りを一瞬白く染め上げるような霹靂《へきれき》が空を覆った。

あまりの眩《まぶ》しさに目を瞑《つぶ》った瞬間、ドォーンッと空間を引き千切るような音が聞こえた。同時に体中がビリビリと痺《しび》れる。

「雷⁉　落ちたのか！」

驚いて顔を上げれば、貯水タンクの上に設置されている避雷針が揺れていた。

ものすごい衝撃だった。

「マティアス！　咲良《さくら》さんは⁉」

慌てて振り向くが、咲良さんがマティアスを胸に抱きとめて、体を縮こまらせていた。良かった、二人は無事のようだ。

（くそ、だけど、どんどん天候も酷《ひど》くなる……！）

そう思った俺の頭に、一つの公算が浮かんだ。

(雨、雷――……全部自然現象で、つまり精霊が宿っているわけだから、もしかしてその力を契約できれば――)

自分の中のマナの動きに意識を集中する。

そうすれば、自然に宿る精霊達《たち》の動きを感じた。

雨、水、光、雷、それから大気の全て。

感じる全部の息吹をマナに取り込み、誘導するイメージを強く持つ。

そうすれば、マティアスのマナがこもった魔剣のパワーを、何十倍にも増幅できる可能性がある。

「……よしっ!」

俺は、ふう、と息を吐く。そうして静かに目を閉じた。

落ち着いて、感じる。そして、読む。

流れを見極め、導線を描く。

あれだけうるさかった雨音が、シンと静まり返るほど精神を集中させていく――

(できる!)

確信と共に目を開けて、俺は空に向かって魔剣を構えた。

真っ暗な空には、骨張って歪《ゆが》んだ右肩を、みちりと突きだした魔王デルセロクが見える。俺は雨雲と風の精霊を意識して、向かう先をデルセロクのいる空へと集中させた。

ドザァッという音と共に、重力を無視した暴風雨が、デルセロクの顔を打つ。

魔王が雨風を不快に思うことはないかもしれない。
だけど、少しだけでいい。
集中が途切れてくれればいいのだ。
と、デルセロクの顔が動いた。
(成功だ！)
さっきより断然インターバルが短い。
カクカク動いたデルセロクが俺を見据える。
(くる！)
読み切った攻撃を構えた魔剣で受け止める。足が後ろに押し返される。
それでもいい。この次は俺のターンが来る。
「デルセロク！」
俺は意を決して、魔王の名を空に叫んだ。
魔力の圧を魔剣で空へと流してやると、乱れた風圧で風の精霊がざわめいた。
行き場を見失った精霊たちに、今度は導線を示してやる。
(行先は――)
貯水タンクの上にあるのは、左右に伸びた枝のような避雷針。
闇間を切り裂くように走る霹靂にも、そこへくるように意識を飛ばし――
「ここだ！」

ドゴォォン！　と激しい音が地震のように辺りを揺さぶる。

避雷針に落ちた雷が再び空気に飛散するより早く、強化したスピードで俺は魔剣を振り仰ぎ。

「精霊たちよ！　ここに集えぇぇっ!!」

掲げた諸刃《もろは》に、風も水も雷も、それからそこら中にあるマナさえも引き付けるように誘導して。

バチバチと見たことのない色に染まった魔剣から、青や紫のスパークが零《こぼ》れる。

「くらえぇぇぇぇぇっ！」

気合い一閃、俺は、それを渾身《こんしん》の力を込めてデルセロクへと振り下ろした。

顔を上げた魔王デルセロクの顔に、初めて虚無とは違う色が浮かんだ気がする。

けれど、カクリと動くのをやめた魔王の眼窩から光が再び迸《ほとばし》るより僅かに早く。

俺の放った全てのパワーを吸収させ、増幅させたマナが放たれて――

「うおぉぉぉぉっ！」

今まさに、こちらの世界へ身を乗り出そうとしていた魔王デルセロクの、むき出しの顔や体を、押して、包んで、捻《ひね》り潰す。

視覚情報的には、消し飛んだ、ともいえる情景を最後に、辺りはまるで創世記の挿絵のように白が全てを包み込み――

「やった、のか……？」

俺は、はぁはぁと荒い息をつきながら、月明かりの差し込む屋上で呟《つぶや》いた。

あれだけ荒れていた雨雲も、どこかへふっ飛ばしてしまったらしい。

夜空には満天の星が見え、藍色を刷《は》いたような空が優しい色をしていると知った。

「――はっ！　そうだ！　マティアス！　環季《たまき》さん！」

我に返り、俺は慌てて駆け寄った。光の魔剣もかなぐり捨てる。

剣は地面に落ちる前に、大気と月明かりに溶かされるように姿をなくした。

「まて。待て待て待て待て……」

嫌な予感がする。

あの魔剣はマティアスのマナで具現化したものだ。

それが消えたということはまさか。

「マティアス！」

すっかり意識を失っているのは、咲良さんも一緒だった。

それでも胸に抱きかかえている環季さんの体の中は、今、どうなっているのだろう。

「マティアス！　マティアス！」

結界を解いて肩を揺すり、名前を呼ぶ。

何度目かの呼びかけで、彼女は震えるように瞼《まぶた》を開けた。

「イク、……マ」

「マティアス！」

その呼び方は彼の方だ。まだいる。マティアスはまだここにいる。

けれどその眼《め》には覇気がなかった。

緩慢な動きで辺りを見回したマティアスが、俺の顔に視線を戻す。

「よくやった。ありが、と……ぅ……」

「マティアス……？」

その言葉を最後に、再び瞼が閉じられて。

マティアスは、二度と俺の前に現れなかった。

エピローグ

異世界への扉は閉じた。

会社のビルは、俺が張った結界のおかげで側壁には大きな損傷は見当たらず。

あれだけ激しい戦いがあったことを知る場所は、屋上だけとなった。

抉《えぐ》れて、ふっ飛んで、なんなら爆発した以外の説明がつかない惨状は、日本の科学の英知アメダスが後に伝えた『局地的超絶な雷雨の発生とその被害』ということで収まったのが本当に奇跡だ。

社長としては、自然災害ということでビルの保全修理費も保険で賄えるから、その他は些末事《さまつじ》ということになったらしい。

避雷針もふっ飛ばされたビルに、すさまじい落雷があったのなら、どう考えてもビル自体が無事であるわけがない――なんてことは、世の中の誰も、そう深く考えることではないようだ。

「……いや～、全然些末な出来事じゃなかったけどな～」

俺は立ち入り禁止の立て札が置かれた階段を見上げて、ぽつりと呟《つぶや》く。

春の区画整備と時期が重なったからか、業者の入りが遅いので、原状回復は遅々として進んでいない。

「まぁ――」

屋上でダべるには、まだ肌寒い季節でもある。

これから暖かな風が穏やかに通りすぎる季節が巡ってくるまでに、直してくれればいいと思う。

そうしたら、きっと――

「あれ？　郁馬《いくま》先輩、病院に行ったんじゃなかったんですか」

と、ファイルを抱えた咲良《さくら》さんが、俺に声をかけてきた。

「あ、今行く！」

「環季《たまき》さん、待ってますよ」

そう言う咲良さんの唇は、なぜだかちょっと拗《す》ねたように尖《とが》っている。

こんなところでグズグズしていた俺への叱責のつもりかもしれない。

俺は慌てて、駆けだした。


病院の個室で、ベッドヘッドを上げた環季さんの腕からは、この三日間繋《つな》がれっぱなしだった点滴が外されている。

「お疲れ様です」

「──斎藤君《さいとう》」

ノックと同時に声をかけると、窓の外を見つめていた環季さんが、俺に気づいた。

その頬《ほお》に昨日まで貼られていたガーゼもうない。

「取れたんですね。良かった」

とんとん、指先で自分の頬を叩《たた》くと、環季さんも気づいたらしい。

「おかげさまで」

右手で頬を軽く押さえ、目顔だけで笑う。

「意識が戻って良かったです。本当に」

「ええ、うん、……そうね、本当……」

「…………」

そのまま、環季さんが言葉を止めるから、俺もなんとなく口を閉じる。

壁に立てかけられていたパイプ椅子を、ベッドサイドに持ってきて開く。

「……聞いても、いいですか」

そうして、あの日から一番気になっていたことを口にした。

「それで、その、マティアスはやっぱり──」

あの日、屋上で意識を失った環季さんは救急車で運ばれた。

裂傷はそれほどでもなかったが、魔法攻撃で受けた衝撃は現代の事故とは比べ物にならない。マナの消費が激しければ命にもかかわると教えてくれたのは、先んじて意識を取り戻した咲良さんだった。

擦過傷や爆破による火傷《やけど》の痕はまだ痛々しいものがあるものの、今度は適切な治療を受けた環季さんは、順調に回復しているようだ。本当に良かった。

けれど同時に、彼女はずっと神川《かみかわ》環季のままだった。

「いなく、なったんですか」

死んだんですか、と言葉にする勇気は出なかった。

環季さんはそっと目を伏せ、それから小さく首を傾《かし》げる。

「実は――彼、今、私の中で眠っている、という感じが一番しっくりくる表現ね」

「ね、眠っている？」

それは、想定外の答えだった。

環季さん自身もそうだったのか、自分の胸に手を当てて、考えているようだった。

「たぶん、魔獣をあちらの世界に戻すと同時に、本来の世界線に戻った彼は消滅するシナリオだったんだと思う。けど、斎藤君、あなたのおかげで彼は途中で意識を失ったでしょう？」

確かにそうだ。マナを使いながら攻防を続けたマティアスは、壁に激突して意識を失ってしまっていた。あの時までに、相当なマナを放出していたはずだ。

「時空の歪《ゆが》みは閉じたから、あちらに戻ることはない。あなたが共闘してくれたおかげで、彼が力を使い果たすこともなかった。それで、魂の消滅を免れることができたんだと思う。今は、私の中に彼を感じるわ」

「そう、なんですね」

一つの体に二つの魂があるということが、正しいのかはわからない。

だけど、正直、ものすごくホッとした。

環季さんも大切だけど、あの豪快であけすけなマティアス・フォン・ラインニガーを、俺はけっこう気に入っていたのだと今更ながら実感する。

（でも、ってことはいつか目覚めるってことか……？　いや、でも、環季さんが戻ったってことは、マティアスの出番はないよな。ってことは、つまり、もうマティアスには会えないってことで――）

そんなことを考えていた俺は、顔に出ていたのかもしれない。

「……斎藤君は、私より彼が良かったのかしら？」

ハッとして顔を向ければ、環季さんがジト目で俺を見つめていた。

「い、いやいやいや！　そんなことはないですよ⁉」

環季さんがここにいて良かった。それも本当に本当だ。

「ところで。次の勉強会は退院してからでいいかしら」

「へ？」

いつの間にか手帳を取り出してにらめっこしていた環季さんに、俺は呆《ほう》けた声を出した。勉強会――って、マティアスとしていたあれのことか？

「週明けには退院できる予定なの。だから月曜日の夜からでも――」

「え、あの、環季さん！」

「なに？」

だって、あれは、マティアスがこの世界に馴染《なじ》むために始めたものだった。

環季さんが、環季さんの体に戻った今、勉強は必要ないはずじゃ……？

どういうことだと戸惑う俺に、環季さんは手帳に目を落としたままで小さく言った。

「……もっと知りたい」

「え？」

「彼が、最後にあなたに言った言葉でしょう？」

そう言われて思い出した。

他にやりたいことはないかとマティアスに聞いた時。彼は確かにそう言った。

『君のことをもっと知ってみたかった』

そう言って、ニカッと笑ったあの顔が浮かぶ。

「もしかすると、彼の探求心をくすぐるワードが出てきたら、目が覚めるかもしれないじゃない」

「そんな可能性があるんですか⁉」

考えてもみなかった。

でもそうか。キッカケさえ見つかれば、可能性はあるのかもしれない。

「……やっぱりすごく嬉《うれ》しそうよね」

「へ⁉　あ、いや、そ、そんなことは……」

「別にいいけれど」

　一瞬舞い上がってしまった俺は、ハッとして環季さんを見た。

　これではまるで、環季さんに眠っててくれと言っているようなものでもある。

「あっ！　誤解です！　俺は、環季さんが戻ってくれて本当に嬉しいですし！」

「………………」

　慌てて言うが、環季さんは手帳から顔を上げてくれない。

　どうすれば環季さんの誤解を解くことができるだろう。

「私だって、もっと斎藤君のこと知りたいのに――」

　環季さんが小さく呟く。

　が、自分の考えに手一杯で、俺はそれを聞き逃した。

「あ、すみません。聞こえませんでした。今なんて――」

「な、なんでもありません！」

　聞き返すと、環季さんが珍しく声を荒らげる。

　しまった。怒らせてしまったらしい。

　どうすればいいかと考えを巡らす俺に、環季さんがビシッと手帳をこちらに突き付けてきた。

「か、彼の中にいた時思ったのだけれど、斎藤君は連携折衝が少し苦手なようだから、そこを克服するための勉強会を――」

「またされるんですか、勉強会」

と、その時、ノックもせずに咲良さんが入ってきた。手には見舞いの果物がある。

「今度こそ、いかがわしいお勉強会を……？」

「は、はぁ⁉」

相手はもうマティアスではないというのに、とんでもないことを言ってくる。

慌てる俺に、環季さんが驚いたように目を瞬いた。

「え？　斎藤君、そ、そういうつもりだったのかしら……？」

「ご、誤解です！　そういうことはもっと仕事のできる男になってから——ではなくて！」

「わ、私も！　私も参加させてください！　みなさんにお茶菓子焼いていきますから！」

「姫川《ひめかわ》⁉」

と、姫川もほとんど飛び込む勢いで、病室へとやってきた。

手を上げて主張する姫川に倣うように、咲良さんも手を上げた。

「いかがわしくない勉強会なら、私も後学のために参加を希望します」

「いかがわしくね————わ！　って、うわっ！　ちょ、押すな！」

ハイ、ハイ、と手を上げながら迫ってくる二人の勢いに押され、俺はぐいぐいとベッドに押しつけられていく。

「ちょっと、斎藤くん——」

「おわーっ！」

と、足がベッドの骨組みに当たってバランスを崩し、俺はそのまま環季さんの上に頭から倒れ込んでしまった。

「きゃあっ！」

「ひゃっ！」

その上に、姫川と咲良さんが重なって――

（や、やわらか――……じゃなくて！）

環季さんの体とサンドされた心地よさに酔《よ》い痴《し》れている場合じゃない。

「す――すみません！」

なんといっても、ここは病院。

患者に負担をかけるなんて、言語道断な場所なわけで――

「イクマ！　スミマセンは禁止と言ったはずだが！」

「⁉」

突然響いたその口調に、俺は驚いて顔を上げる。

まさかと思った視線の先で、環季さんはパッと自分の口を手で押さえた。

（――ん⁉　ん⁉　どっちだ⁉）

戸惑う俺に、環季さんはいたずらっ子のような瞳で笑ったのだった。

あとがき

初めまして、もしくはこんにちは。小川彗《すい》です。

本作『ブラック上司から「転生しました」と告げられました』をお読みいただきまして、誠にありがとうございます。

このお話は、お世話になっている担当編集のT氏との会話の中で「異世界転生モノってお好きですか」「大好物です。転生悪女系っすか？」「いや、ハーレム寄りですね」「ハーレム系主人公に転生したいです！」と脳直で回答した末に誕生しました。

え？　転生モノの亜種になっているような気がする……？　大丈夫。気のせいです。

異世界あり、転生あり、魔法あり、ラブコメあり、ほら完璧。

実はこのお話、初稿前の段階で提出した時は、もっとずっと精神的ダーク寄りな作品になっていまして、簡易的なプロローグを読んでいただいた担当T氏から「……想像以上に精神がやられる系と言いますか……あの、小川さんの心の中って大丈夫ですか……？」とあらぬご心配をいただいたという裏話があったりします。大丈夫です。エロもグロもピュアもダークもファンタジーも混在する、それが作家脳！　だと思えば、なんでも許される気がしている！

と、そういう紆余《うよ》曲折《きょくせつ》を経まして、最終的に作者自身がそれぞれ萌《も》えどころのありまくる主人公やメインキャラクター達《たち》で埋め尽くされ、完成しました本作です。

素敵すぎるイラストを描いてくださいました吉田依世《よしだいよ》様、本当にどうもありがとうございます。ラフ画から全キャラドンピシャすぎて、「文字が絵になって生きている……！」と大騒ぎしておりました。主人公郁馬《いくま》のそこはかとない脇役感がドツボで、ああ、こういう子がやる時やったら後輩とかからモテるんだよなぁ！　とすごく思いましたよね……！　可愛《かわい》さのある男子はずるい。そして環季《たまき》さんのイラストを目にした私の第一声は「環季さんになじられたい。ヒールでうっかり踏まれて『あら、ごめんなさい。大丈夫？』とか言われたい」でした。後日担当T氏より「小川さんの偏愛が伝わってくる」と回答いただきました。いいえ、純粋な愛です。

そんなやり取りを含め、本作執筆に至る過程でいろいろと相談に乗ってくださいました担当編集のT様、MUGENUP様、大変お世話になりました。本当にありがとうございます。これからもどうぞ宜《よろ》しくお願いいたします。

また、本作出版に携わってくださった全ての方々へ、厚く御礼申し上げます。

そしてお読みくださった読者の皆様、本当に本当にありがとうございます。

これからも本作を、そして彼らのこれからを応援いただけましたらとても嬉《うれ》しいです。

郁馬と環季の今後、彼女の中に眠っているらしいマティアス、はるや咲良《さくら》たちは果たしてどう関わってくるのか――

また彼らと、そして皆様とお目にかかれる日を夢見まして。

最後にもう一度。

本当にありがとうございました！

小川彗

ブラック上司から「転生した」と告げられました

ムゲンライトノベルスをお買い上げいただきありがとうございます。
作品へのご意見・ご感想は右下のQRコードよりお送りくださいませ。
ファンレターにつきましては以下までお願いいたします。

〒162-0822
東京都新宿区下宮比町2-26 KDX飯田橋ビル 5階
株式会社MUGENUP ムゲンライトノベルス編集部 気付
「小川彗先生」／「吉田依世先生」

MUGEN Light novels

ブラック上司から「転生した」と告げられました

2023年5月31日　第1刷発行

著者：小川彗
イラスト：吉田依世

発行人　伊藤勝悟
発行所　株式会社MUGENUP
〒162-0822 東京都新宿区下宮比町2-26 KDX飯田橋ビル 5階
TEL：03-6265-0808（代表）　FAX：050-3488-9054
発売所　株式会社星雲社（共同出版社・流通責任出版社）
〒112-0005 東京都文京区水道1-3-30
TEL：03-3868-3275　FAX：03-3868-6588
印刷所　株式会社シナノパブリッシングプレス

カバーデザイン◉spoon design（勅使川原克典）
編集企画◉株式会社MUGENUP
担当編集◉竹中彰

Printed in Japan
ISBN 978-4-434-31967-9 C0093